DICTEE

Theresa Hak Kyung Cha

문학사상

일러두기

* 이 책은 『DICTEE』 초판본(Tanam Press, 1982)을 번역한 것입니다.
* 위의 영문 초판본은 표지와 본문 모두 저자가 직접 편집을 맡았습니다. 따라서 한국어 판 역시 저자의 편집 의도를 해치지 않도록 영문 초판본의 구성 및 편집 디테일을 최대 한 따랐습니다.

나의 어머니에게 나의 아버지에게

육신보다 더 적나라하고, 뼈대보다 더 강하며,
힘줄보다 더 질기고, 신경보다 더 예민한
이야기를 쓸 수 있기를.

사포

클리오	역사
칼리오페	서사시
우라니아	천문학
멜포메네	비극
에라토	연애시
엘리테레	서정시
탈리아	희극
테르프시코레	합창 무용
폴림니아	성시[1]

Aller à la ligne   C'était le premier jour   point
Elle venait de loin   point   ce soir au dîner   virgule
les familles demanderaient   virgule   ouvre les guil-
lemets   Ça c'est bien passé le premier jour   point
d'interrogation   ferme les guillemets   au moins
virgule   dire le moins possible   virgule   la réponse
serait   virgule   ouvre les guillemets   Il n'y a q'une
chose   point   ferme les guillemets   ouvre les guille-
mets   Il y a quelqu'une   point   loin   point   ferme
les guillemets

문단 열고   그날은 첫날이었다   마침표
그녀는 먼 곳으로부터 왔다   마침표   오늘 저녁 식사 때
쉼표   가족들은 물을 것이다   쉼표   따옴표 열고
첫날이 어땠지   물음표   따옴표   닫고   적어도 가능한 한
최소한의 말을 하기 위해   쉼표   대답은 이럴 것이다
따옴표 열고   한 가지밖에 없어요   마침표
어떤 사람이 있어요   마침표   멀리서 온   마침표
따옴표 닫고

DISEUSE[2]

그녀는 말하는 시늉을 한다. 말과 비슷한 것을. (무엇과 비슷하다면.) 노출된 소음, 신음, 낱말들로부터 뜯겨 나온 편린들. 그녀는 정확성을 측정하기 위해 주저하기 때문에, 입으로 흉내 내는 짓을 할 수밖에 없다. 아랫입술 전체가 위로 올라갔다가는 다시 제자리로 내려앉는다. 그러곤 그녀는 두 입술을 모아 뾰족이 내밀고 무엇을 말할 듯. (한마디. 단 한마디.) 숨을 들이쉰다. 그러나 숨이 떨어진다. 머리를 약간 뒤로 젖히고, 어깨에 힘을 모아 이 자세로 남아 있는다.

속에서 웅얼거린다. 웅얼웅얼한다. 속에는 말의 고통, 말하려는 고통이 있다. 그보다 더 큰 것이 있다. 더 거대한 것은 말하지 않으려는 고통이다. 말하지 않는다는 것. 말하려는 고통에 대하여 아무것도 말하지 않는다. 속에서 들끓는다. 상처, 액체, 먼지. 터뜨려야 한다. 배설해야 한다.

그녀의 목 뒤에서부터 그녀는 어깨를 내려놓는다. 그녀는 한 번 더 숨을 삼킨다. (한 번 더. 한 번만 더 하면 된다.) 준비로. 그것은 증대된다. 아주 고조高調로, 끝없는 웅얼거림이, 스스로를 자가 공급하며. 자율적으로. 자생적으로. 그것이 말하기를 원하는 고통에 대항하는 마지막 의지를 마지막 노력으로 삼켜버린다.

그녀는 타인들을 허용한다. 그녀의 대치로. 타인으로 하여금 가득하도록 용납한다. 한 떼가 되어 들끓도록. 모든 불모不毛의 공동空洞이 부어오르도록. 타인들은 각기 그녀를 점령한다. 종양의 층층, 모든 공동이 새살이 될 때까지, 모든 잉여물을 축출한다.

그녀는 그들의 실마리에, 누구인지도 모르며 그들의 둔한 동작, 그들의 말의 무거움 속에, 꿰여들기를 허락한다. 확성이 멈출 때 울림이 있을지도 모른다. 그녀는 그때에 시도해볼지도 모른다. 그 울림 부분에. 잠시 멈출 때. 멈춤이 이미 곧 시작되어 아직도 남아 있을 때. 그녀는 그 멈춤 안에서 기다린다. 그녀의 속은. 지금. 바로 이 순간. 지금. 그녀는 공기를 빨리 들이켠다, 깊은 골짜기로,[3] 다가올 먼 거리에 대비하기 위하여. 멈춤이 그친다. 음성은 다시 한 겹을 둘러싼다. 이제 더욱더 둔해진다. 기다림으로 해서. 말하려는 고통으로부터의 기다림. 말하지 않기까지. 말하기.

그녀는 그들의 문장부호를 점검할 것이다. 그녀는 이것을 봉사하기 위해 기다린다. 그들의 것들. 문장부호. 그녀는, 자신이, 경계의 표시가 될 것이다. 그것을 흡수하고, 그것을 흘린다. 문장부호를 포착한다. 마지막 공기. 그녀에게 주라. 그녀에게. 그 연속. 음성. 할당. 제출. 그것을 전달하기. 전달.[4]

그녀는 타인들을 전달해준다. 암송. 기억 환기. 제공, 도발. 그 간청. 그녀 앞에. 그들 앞에.

이제 무게는 그녀의 머리 뒤쪽 맨 꼭대기부터 시작하여 아래쪽으로 내리누른다. 그것은 고루 펴져 두개골 전체가 모든 면으로 팽팽하게 확장되어 머리 앞쪽으로 몰린다. 그녀는 그것의 압력, 그것의 수축 작용으로 할딱거린다.

그녀의 속이 비워진다. 더 이상 들어 있지 않다. 아래의 빈 곳으로부터 떠오르는 것은, 가스의 조약돌 덩어리들. 습기. 그녀를 침수시키기 시작한다. 그녀를 용해시키며. 서서히, 완만으로 늦추어졌다. 서서히 그리고 두껍게.

위쪽은 그녀의 머리로부터 아래로 움직여 그녀의 눈을 감기는 것을 따라가며, 같은 동작으로, 더 천천히 턱과 목과 함께 입을 열기까지 위쪽이 내려오며 더 내려와, 끝까지, 그러나 거기에 머물지 않고, 같은 동작으로 그녀를 홀링 뒤집어, 전체의 무게를 위쪽으로 올라가도록 완전히 변경시킨다.

감지할 수 없게 시작한다. 겨우 감지할 수 있게. (단 한 번. 단 한 번 그러면 될 것이다.) 그녀는 취取한다. 그녀는 멈춤을 취한다. 서서히. 두꺼움으로부터. 그 두꺼움. 위로 향한 무거운 동작으로부터 느려진. 그것이 다시 그녀의 입을 통해 위로 통과할 때도 완만할 정도로. 그 전달. 그녀는 취한다. 서서히. 그 불러일으킴. 이제는 언제나. 있는 시간은 모두. 항상. 모든 때. 그 멈춤. 발설發說. 이제 그녀의 것이다. 적나라한 그녀의 것. 그 발설.

오 뮤즈여, 나에게 이야기해주소서
이 모든 것들에 대하여, 오 여신이여, 제우스의 딸이여
원하시는 대로 어디에서든지 시작해, 우리에게까지도
이야기해주십시오.

프랑스어로 쓰시오:

1. 이것을 더 좋아한다면, 즉시 내게 그렇다고 말하시오.

2. 그 장군은 단지 잠깐 동안 이곳에 남아 있었다.

3. 당신이 그렇게 말을 빨리 하지 않았더라면, 그들이 당신을 더 잘 이해했을 것이오.

4. 나뭇잎들은 아직 떨어지지 않았고 앞으로도 한 며칠 동안은 안 떨어질 것이다.

5. 그것은 당신에게 잘 맞을 것이오.

6. 이 나라의 국민들은 당신 나라의 국민들보다 덜 행복합니다.

7. 다음 달 십오 일에 다시 오시오, 더 빨리도 더 늦게도 말고.

8. 나는 그를 우연히 아래층에서 만났습니다.

9. 근면하라: 일을 많이 할수록 더 잘 성공한다.

10. 일이 어려울수록, 더욱 명예로운 노동이다.

11. 사람은 자신을 칭찬할수록, 남들은 그를 칭찬하고 싶은 마음이 덜 생긴다.

12. 다음에는 좀 더 조용히 가시오.

프랑스어로 번역하시오:

1. 나는 당신이 말하기를 원한다.

2. 나는 그 남자가 말하기를 원했다.

3. 나는 당신이 말하기를 원하게 될 것이다.

4. 그 남자가 말을 할까 두려워요?

5. 당신은 그들이 말을 할까 두려웠어요?

6. 그 남자가 우리에게 말하는 것이 낫겠다.

7. 당신은 쓰셔야 했습니까?

8. 내가 쓸 때까지 기다리시오.

9. 내가 당신에게 쓸 수 있도록 왜 기다리지 않았어요?

Complétez les phrases suivantes:[5]

1. Le lac est (geler) ce matin.

2. Je (se lever) quand ma mére m'appeler.

3. Elle (essuyer) la table avec une éponge.

4. Il (mener) son enfant à l'ecole.

5. Au marché on (acheter) des oeufs, de la viande et des legumes.

6. Il (jeter) les coquilles des noix qu'il (manger).

7. Ils (se promener) tous les soirs dans le rue.

8. Elle (préférer) le chapeau vert.

9. Je (espérer) que vous m' (appeler) de bonne heure.

10. Ils (envoyer) des cadeaux à leurs amis.

이야기해주십시오
이 모든 것들에 대하여.
원하시는 대로 어디에서든지 시작해, 우리에게까지도
이야기해주십시오.

호산나를 외치며 손에 들고 있었던 그 종려나무 잎을 태워 만든 재. 검은 재. 대리석 위에 무릎을 꿇으면 차가움이 구부린 무릎을 타고 올라온다. 눈을 감고 눈꺼풀이 깜박거릴 때 혀를 내민다.

성찬 떡 (그의 육신. 그의 보혈.) 그의 것.[6] 입 안에서 물기 있는 혀의 침으로 녹인다. (포도주는 피로. 빵은 살로.) 그의 것. 왼쪽에 무릎 꿇은 여인들을 향하여 눈을 뜬다. 오른쪽으로도. 그들의 표백된 얼굴에서 보이는 단 한 가지는 밝은 루즈의 일정하지 않은 동그라미들과 길게 내민 혀들일 뿐이다. 기다림 속에서. 그를. 받기 위해.

기다림. 접근, 하느님의 성단으로 점점 가까이. 과잉의 향수, 밀랍, 향, 꽃들의 냄새가 모두 우러난다.

혀를 들이민다. 이제 이마에, 두 눈썹 사이 아니면 바로 그 위에. 손은 마주 잡고 손가락은 모두 쓸데없는 공간을 없애기 위해 꽉 쥐어 맞물린다. 한 가지 몸짓. 확고한. 그를 위해.

그때는 벌써 그는 다시 다른 끝에 있다. 모든 것을 풀어내고 그의 이름으로 환기시키는 그. 그는 곧 그가 된다. 남자-하느님. 축성된 종려나무의 축성된 잎사귀 축성된 잿가루를 왼손에 놓는다. 이마 위에 까만 잿가루 점. 가장 높은 곳에 호산나, 호산나를 통하여.[7] 내 탓이오 내 탓이오 나의 가장 무거운 죄를 거쳐서. 십자가에 못 박기가 이어진다. 그의. 그분의 아들의.

성로 14처聖路十四處[8]에 너무 빨리 옮겨 서지 않으며 카펫의 빨간색을 내려다보고 머리에 쓴 가짜 흰 레이스 삼각형이 머리에서 흘러내려 떨어지지 않도록 손으로 쥔다, 죄로 덮인 터럭의 머리. 구두의 못이 성수기로 가는 통로에 깔린 카펫에 걸린다. 성수에 손가락을 넣어 성호를 긋기 위하여, 이마에 검은 재가 지워지지 않도록 그 옆으로부터 나란히 시작해 가슴에 한 번 왼쪽 어깨에 한 번 그리고 오른쪽 어깨에 한 번 삼위일체의 이름으로, 셋 모두가 하나가 되는 신비의. 동시에. 정문에서 아홉 계단만 내려가면 이제 황혼이다. 저녁, 밤이 내린다.

프랑스어로 번역하시오:

1. 오늘은 동정녀 마리아의 무염시태[9] 성축일일 것이다. 그녀는 축복받은 동정녀에게 면류관을 씌우도록 선발되었을 것이다. 그녀 자신도 죄가 없고 순수하며 그의 가슴이 순결할 것이다. 그녀는 침묵할 것이다. 자주. 거의 언제나. 아닌 때보다는 대부분 언제나. 너무도 자주.

2. "오 나의 하느님, 당신을 욕되게 했음을 진심으로 사과합니다. 당신의 마땅한 벌 때문에 나의 모든 죄를 혐오합니다. 그러나 무엇보다도, 나의 죄는 당신 하느님, 오직 선하며 나의 모든 사랑을 마땅히 받으셔야 할 당신을 모독하기 때문입니다. 더 이상 죄를 짓지 않기를 그리고 죄를 지을 듯한 경우를 피할 것을 하느님 은총에 힘입어 굳게 결심합니다. 아멘."

3. 거의 죄를 지을 듯한 경우.

4. 프랑스는 전에는 삼십이 도로 나뉘어 있었다. 예를 들어 브르타뉴, 프로방스, 프랑슈콩트 등으로, 그러나 천칠백팔십구 년 혁명 이후로는, 팔십육 군으로 나뉘었다. 군에 주어진 이름들은 거의 다 그 군을 통과하는 강의 이름에서 나온다. 루아르, 센 등; 어떤

것들은 산의 이름에서 빌려온 것이고, 소수의 이름은 위치에서, 예를 들어 북쪽의 군, 또는 토질에서 따오기도 했다. 각 군은 지사에 의하여 행정 관리가 이루어진다. 파리는 프랑스의 수도일 뿐만 아니라, 전 세계의 수도다. 파리에는 약 만 명의 미국인이 있는데, 이들은 천국을 가기 위해서라면 이 세상을 등지겠다고 하는 것을 아는가?

5. 그녀는 전화하다 그녀는 믿다 그녀는 누구에게 전화하다 대답이 없으니까 계속 전화하다 그녀는 믿다 그녀는 전화하고 상대편은 반드시 들어야 한다. 상대편은 반대쪽이 느끼는 것을 꼭 알아야 한다.

그녀는 종잇장들을 받다 모모씨 방 앞으로 보내진 절대로 보여서는 안 될 읽혀서도 안 될 알려져서도 안 될 만약 이름이 이름이 알려지면 만약 이름만이라도 보이고 들리고 언급되고 읽히면 안 되지 절대로 그녀는 감추다 필수적인 말들을 주어와 동사를 연결 짓는 말들 그녀는 감추어 적는다 꼭 필요한 말들은 위장되어야 한다 발명되어야 한다 그녀는 다른 영상들을 시험해 보다 필수적이고 보이지 않는[10]

6. 우리는 런던을 일곱 시 반에 떠나 두 시간의 여행 후에 도버에 도착했다. 배는 열 시에 항구를 떠났다. 해협을 건너는 여행은 단지 한 시간 반이 걸릴 뿐이었다. 바다는 고요했고 아무런 요동도 느끼지 않았다. 칼레에서 한 시간을 쉬면서 점심을 먹었다. 점심은 좀 비쌌지만 대접을 잘 받았다. 저녁 여섯 시에 우리는 파리에 닿았다. 여행 전체는 열 시간 남짓 그리고 비용은 오십

프랑밖에 안 드는 일이었다.

7. 잊으면 잊힐 것이고 눈을 감으면 잊힐 것이고 말을 하지 않으면
    잊힐 것이고 시인하지 않으면 잊힐 것이고 죄처럼 말을 하면 그
    것들은 다 용서되어 잊힐 것이고 그리고 다 잊힐 것이다.

8. 성부와 성자와 성신의 이름으로 아멘. 신부님 저를 축복하여주
    십시오, 저는 죄를 지었습니다. 저의 마지막 고백성사는… 기억
    이 안 납니다. 몇이나 되는지 대봐요; 한, 두, 세, 주^週 달^月 해^年.
    모든 죄명을 말하시오.
    모든 대죄의 죄명과 있다면, 몇이나 있는지.
    모든 소죄의 죄명을 말하고, 몇이나 되는지.
    고행을 받을 것.
    신부님 감사합니다를 말할 것.
    고행을 다 말할 것.

9. 라 마르세예즈를 작곡한 젊은 시인은 루제 드 릴이라고 불리는
    사람이었다. 그는 천칠백구십이 년 삼월 아니면 사월, 스트라스
    부르에 있을 때 그것을 썼다. 그는 밤을 새워 이 아름다운 노래
    를 작곡했다; 그러나 그 이튿날 아침까지는 아무것도 적어놓지
    않았다. 그는 작곡한 것을 써놓은 후에, 친구 디트리흐에게 보여
    주기 위해 그의 집으로 갔다. 친구들 앞에서 그는 자기의 새 노
    래를 불렀다. 시장의 부인이 피아노를 반주했다. 모두 박수를 쳤
    다. 곧 프랑스의 곳곳에서 이 노래가 불렸다.

"신부님 축복해주십시오, 저는 죄를 지었습니다. 저의 마지막 고백

성사는… 언제였는지 기억이 안 납니다… 이것들이 저의 죄입니다."

나는 죄를 조작해내고 있다. 속죄의 보증을 받으려고. 다시 처음으로, 심지어는 천국이 있기 전으로. 전락[1]하기 전으로. 전의 모든 잘못이 지워지도록. 오점이 하나도 없이. 순수한. 내가 하느님을 받아들일 때, 모두 순수함. 완전히. 나의 몸과 영혼 속에 위치한 하느님의 집은 깨끗해야 한다. 죄가 없어야 한다. 어떤 죄도. 대죄도. 죄악은 클수록, 용서도 크고, 그의 용서 속에 하느님의 영광도 더욱 크다. 나는 아무 죄도 없다. 가벼운 죄. 조그만 죄들. 말할 가치도 없다. 그래도 죄는 모두 같은 것이다. 생각조차도. 아무리 눈에 보이지 않는다 해도. 하느님께는 모든 것이 보인다. 생각도 말이나 행동같이 보이는 것이다.

통회의 행위. 나는 고백성사를 하고 있다. 말을 만들기 위해서. 그런 외국 언어들로 이야기를 하기 위해서.

문: 누가 그대를 만들었는가?
답: 하느님이 저를 만드셨습니다.
하느님의 언어에 공조하기 위하여.

문: 하느님은 어디 계신가?
답: 하느님은 모든 곳에 계십니다.
하느님의 경전의 공범자, 하느님 영상의 제조, 고백자의 마음속에 말의 영상을 부여하는 쾌락과 욕망.

문: 당신을 그의 영상과 같이 만드신 하느님.
답: 그의 영상대로 나를 만드신 하느님. 그 자신의 영상, 그와 닮은

꼴, 그 자신의 복사형, 그 자신의 모조품, 그의 복제품, 그 자신의 재생품, 그의 틀에 박아낸, 그의 먹지 사본, 그의 영상, 그의 거울. 영상의 쾌락, 복사형의 쾌락, 유사한 투사의 쾌락, 반복의 쾌락, 그 상응을 순순히 묵인하라. 메신저를 묵인하라, 사제의 혀가 말하는 공모에, 또 그것을 위하여 묵인하라. 그들의 것들, 그들의 언어로, 나의 반대 각본을, 나의 고해를 그들의 것으로. 그들의 언어로, 글로 적고 말을 듣게 하기 위하여, 말이 소리 나게 하기 위하여, 말들, 육신을 만든 말들.

첫째 금요일. 미사 한 시간 전. 매달 첫째 금요일 미사. 받아쓰기 먼저, 매주 금요일. 미사 전, 전에 받아쓰기. 자습실로 돌아가라. 시간이 됐다. 한 번 탁 친다. 책상에서 한 발에 일어난다. 한 줄로, 두 번 탁탁 친다. 한 줄로 따라간다. 벽의 오른쪽 끝까지 물러간다. 한 줄로. 소리를 내는 도구는 판판한 상자 모양의 나무판 둘로 되어 있는데 가운데 경첩이 달려 있다. 그것은 손바닥 안에 들어 있는데 엄지손가락으로 분명하게 꽉 닫으면 딱 소리가 난다. 사진틀 안에 들어 있는 것은 동정녀 마리아가 파란 옷을 입고 흰 목도리를 걸쳤거나 흰옷을 입고 푸른 보자기를 머리에 두르고, 눈을 하늘로 향하고, 두 손을 하늘로, 구름에 싸여 발은 보이지 않는 영상이었다. 그녀 옆에 틀에 끼여 있는 그림은 예수의 성심이다. 찔린 심장에 불꽃이 일고 한 줄로 꿰인 가시가 가로지르며 위에는 은빛이 솟아난다. 예수 그리스도가 그의 왼쪽 검지로 가슴을 가리키고 오른손의 상처 자국은 부드럽게 위로 올린다. 아마도 아주 부드럽게.

한 줄로 조용히 발걸음은 하나씩 살짝 내밀어 걸을 것

오르간 연주는 이미 시작됐다

나의 성심 학동들.[12] (모두 대문자로)

오르간은 다시 연주된다

너희들 약속은 이미 다 말했지… 우리의 희망 우리의 행복(혹시 당신들이 아니었던가) 자비 속의… (아니면 나의 자비였던가)

나의 성심 학동들

다시 또다시

일렬로 성당 문 앞에서 기다린다. 사 학년[13] 먼저. 열은 둘로 나누어진다. 두 줄로 중간에 사이를 두고. 노래가 시작됐다. 만약 잊어버린 경우 가사는 파란 책에 있다. 무염시태의 마리아에게 면류관을 씌우도록 뽑힌 아이들은 가운데로 들어온다. 흰 교복. 공단 리본이, 오늘은, 파란색으로 오른쪽 어깨에서부터 허리 왼쪽으로 걸쳐져 있다. 깃발. 파랑과 흰 공단의. 앉아 있는 마리아의 영상. 한가운데. 흰 백합꽃들. 한가운데 기를 들고 갈 아이. 다른 여덟 명은 기를 든 아이 뒤에 넷씩 열을 짓는다. 전부 아홉. 긴 의자 한 줄에 아홉 명이 앉는다. 줄반장 하나가 아홉을 세면 그다음 자리로 간다. 다음 절節. 그리고 첫째 절로 다시 돌아간다. 거듭하고 거듭한다. 시작될 때까지. 동정녀 무염시태의 9일 기도.

노베나 : 각각 아홉 번. 9일 동안 기도의 암송과 근행의 실천.

그리고 시작된다.

먼 곳으로부터 온

어떤 국적

혹은 어떤 인척과 친족관계

어떤 혈연

어떤 피와 피의 연결

어떤 조상

어떤 인종 세대

어떤 가문 종친 부족 가계 부류

어떤 혈통 계통

어떤 종種 분파 성별 종파 카스트[14]

어떤 마구 튀어나와 잘못 놓인[15]

이것도 저것도 아닌 제3의 부류

Tombe des nues de naturalized[16]

어떤 파헤쳐야 할 이식移植

IN NOMINE

LE NOM

NOMINE[17]

클리오 　 역사

유관순

출생: 음력 1903년 3월 15일
사망: 1920년 10월 12일 오전 8시 20분

그녀는 한 어머니와 한 아버지로부터 태어났다.

그녀는 삶의 시간을 완성시킨다. 다른 사람들이 그들의 시간을 완성시켰듯이: 그들은 자신의 생애를 끊이지 않는 신화로 만들었고, 역사의 재고에 따라 자신의 행적이 거짓이나 진실 중 어느 것으로 판명될지 따져볼 여유도 없이 그들의 행동을 불멸의 것으로 만들었다.

진리는 그 자체 외의 모든 절제를 진실과 함께 포용한다. 그 밖의 시간, 그 밖의 공간, 자체의 시간의 유유한 광휘, 죽음의 유유한 표식을 상관하지 않고, 다른 삶들과 병행한다. 그 자체에게는 전혀 모르게. 그러나 노래하기 위하여. 누구에게 노래하기 위하여. 아주 부드럽게.

그녀는 잔 다르크 이름을 세 번 부른다.
그녀는 안중근 이름을 다섯 번 부른다.

국가가 없는 민족은 없고, 조상이 없는 민족은 없다. 아무리 영토가 작다 해도 자주성을 지킨 나라들이 있다. 하지만 우리나라는, 오천 년의 역사를 가지고도, 일본에 그것을 빼앗겼다.
"일본은 즉시 의회를 창립했다. '그 나라 안에서 벌어지는 크고 작은 모든 일에 대해 토론하기 위해' 천황의 이름으로. 이 의회는 처음에는 날마다 열렸는데, 후에는 더 긴 기간을 두고 열렸다. 서울에는 50명이 넘는 일본인 고문들이 투입되었다. 그들은 경험 없고 책임은 더욱 없는 남자들이었으며 그들은 하루 해가 떠서부터 질 때까지 그 사이에 한국을 변형시키겠다고 생각했던 모양이다. 그들은 끝없이 많은 규율을 만들어 하루도 새 포고령이 공포되지 않고 지나는 날이 없었고, 어떤 것들은 사소한 것에 불과했으나, 어떤 것들은 나라의 가장 오래되고 귀중한 제도를 깨뜨리는 것이었다. 절대 군주제였던 정부는 왕이 대신의 자문에 따라 통치하는 제도로 바뀌어졌다. 왕에게 직접 상소할 수 있었던 권리는 도지사의 지위보다 낮은 사람에게는 허락되지 않았다. 일개 포고령이 헌법을 대신하고, 후궁의 지위를 마음대로 재편했다. 한순간에 모든 남자들의 긴 머리카락을 자르라는 명령이 내려지는가 하면, 공식 포고령을 번복해서 기진맥진한 파발꾼이 돌아오기가 무섭게 재파견되기도 했다. 이 헌법 제정자들에게는 작은 일도, 큰 일도, 모순될 일도 전혀 없었다. 그들의 작태는 그곳에 있던 모든 외국인에게 조롱과 경악의 대상일 뿐이었다."

"순서와 지위에 대한 일본인의 집착으로 말미암아 고급 관리의 부인들에게도 정확한 명예의 칭호가 부여되었다. 이것은 아홉 단위의 지위로 나누어졌다: '순수하고 공손한 부인' '순수한 부인' '순결한 부인' '순결한 귀부인' '가치 있는 귀부인' '예의 바른 귀부인' '공정한 귀부인' '평화로운 귀부인' 그리고 '고결한 귀부인'.[18] 이와 마찬가지로 왕의 후궁들도 지위가 나뉘었는데, 여기에는 여덟 개의 등급으로 충분했다. '첩' '고상한 부인' '빛나는 본보기' '순결한 본보기' '빛나는 품행' '순결한 품행' '빛나는 아름다움', 그리고 '순결한 아름다움'.[19] 일본인 고문들은 사치를 규제한다는 명목으로 여러 가지 법을 제정해 나라를 깊이 뒤흔들어놓았는데, 그것은 담뱃대의 길이라든가, 옷의 모양, 또는 머리치장과 관련된 것들이었다. 우선 한국인들이 사랑해 마지않던 기다란 대나무 담뱃대부터 짧아져야 했다. 옷소

매도 싹둑 잘릴 것이었다. 모든 한국 남자들의 상투는 즉각 잘려야 했다. 시내로 들어가는 대문에 배치된 병정들은 이 최후의 포고령을 엄중하게 강요하는 임무를 수행했다."

관순은 애국자 아버지 어머니의 네 자녀 중 외동딸로 태어났다. 어려서부터 그의 행동은 남달랐다. 역사는 그녀의 짧고 격렬했던 삶의 전기를 기록한다. 그녀의 행동은 자신의 삶을 다른 사람들의 역정과 갈라놓는다. 그러한 인생 역정의 정체성은 역사 속의 어느 다른 여성 영웅들과 바꾸어도 상관없다. 그들의 이름, 시대, 행위들은 관대함과 자기희생의 헌신으로 따로 정의를 내릴 필요가 없다.

관순이 16세 되는 해, 1919년, 한국 정부를 전복시키려는 일본의 음모는 명성황후와 그의 왕족들을 암살함으로써 성취된다. 이 사건을 계기로, 관순은 동료 학생들과 함께 항거 단체를 조직해 본격적으로 혁명운동을 시작한다. 이미 민족적으로 조직된 운동 단체가 있었는데, 그들은 관순의 진지함을 받아들이지 않았고 어린 여성이라는 것 때문에 그녀의 위치를 인정하지 않았을 뿐 아니라, 그녀를 설득해 단념시키려고 했다. 그녀는 용기를 잃지 않고, 그들에게 자신의 신념과 헌신을 보여주었다. 1919년 3월 1일 민족적 대시위를 조직하기 위해 그녀는 40여 군데의 마을을 도보로 여행하며, 천명을 받은 사신使臣의 역할을 해냈다. 이날은 역사의 전환점으로 기록된다. 이날의 시위는 한국인들이 일본의 지배에 항거한 최대 규모의 시위였으며, 그들은 독립을 위해 자신의 목숨을 기꺼이 바쳤다.

네 자녀 중의 외동딸인 그녀는 다른 형제들이 그러했듯이 자신의 삶을 완성해나갔다. 그녀의 어머니 그녀의 아버지 그녀의 오빠들.

"나는 네 곳에서 적군과의 교전을 보았다. 한 곳에서는 일본이 다섯 명의 사상자와 함께 후퇴한 무승부 전쟁이었다. 다른 세 곳에서는 장거리 총과 우세한 탄약으로 인해 일본이 승리했다. 그중 사상자 없이 이긴 곳은 단 한 군데였다. 일본인들에게 이것이 단순한 소풍이 아니었다는 것을 나는 충분히 보았다."

"산도적에 불과한 이 남자들은 도대체 누가 지휘하는가를 묻지 않을 수 없다. 그들의 전쟁 방식은 순진무구한 사람들을 선동하여 미치도록 하기 위해 의도적으로 고안해낸 것 같다. 이것이 그들의 목표인가? 아니라면, 왜 그들은 이다지도 악랄하고, 광적인 정책을 실행하는가? 공권력으로 하여금 호의를 잃은 지역을 효과적으로 정당하게 순찰하거나, 아니면 한국에 대한 통치에 있어서 무능력함을 고백하라!"

외국의 비난에 대한 은폐

1907년 9월 26일

"우리는 지난 9월 12일 일요일 수원 인근 약 8마일 지점에서 비참한 교전이 발발했다는 소식을 들었습니다. 서른 명의 의병들이 일본 군대에 포위되어, 아무런 반항도 하지 않았음에도 불구하고, 가장 냉혈적인 방식으로 일본군의 총에 맞아 쓰러졌습니다. 이것도 정복자를 만족시키기에는 충분치 못했는지 한 장교는 체포된 의병 두 명의 목을 베었습니다. 우리는 이 소식이 한국에서 직접 전해져 온 것이 아니라는 사실을 밝히고자 합니다; 이 소식은 유럽으로부터 전해져 왔습니다."

"원수". 누구의 적. 적국. 전체 민족에 대항하는 또 다른 민족 전체. 한 민족이 다른 민족의 제도화된 고통을 즐거워한다. 적은 추상화된다. 그 관계는 추상화된다. 그 민족, 그 원수, 그 이름이 그 자신의 정체성보다 더 거대해진다. 그 자신의 크기보다 더 커진다. 자신의 속성보다도 더 커진다. 자신의 의미보다도 더 커진다. 이 국민에게는. 그들의 원수인 국민들에게는, 그들의 통치자의 지배와 통치자의 승리인 국민들에게는.

일본은 기호가 되었다. 알파벳, 어휘, 이 원수의 민족에게. 그것의 의미는 도구이며, 살갗을 찌르고, 살을 저미는 기억, 기록으로 남아 있는 낭자한 피, 물리적 실체인 피의 양이 기록으로 남아 있다, 사적 史蹟으로 남아 있다. 이 원수 민족의.

목격해보지 않은 민족은, 이와 같은 억압으로 지배받아보지 않은 민족, 그들은 알지 못한다. 이해할 수 없는 단어들, 특수 용어들: 원수, 악랄, 정복, 배신, 침략, 파괴. 그것들은 다만 한 적대 국가가 다른 나라의 인간성을 말살시켰다는 명백하고도 어김없는 기록, 즉 역사적 기록에 대한 커다란 지각 속에서만 존재할 뿐이다. 이것은 실로 실체적이 못 된다. 살과 뼈로 된, 골수까지, 각인된. 개입이 필요한 그 지점까지, 이 경험을, 이 **결과**를, 표현을, 새로 발명하는 한이 있더라도, 계속하기를 그치지 않는 그것과는 다르다.

다른 민족에게는, 이 이야기들은 (또 하나의) 먼 땅, (다른 어떤) 먼 땅과 같이, 이야기에 나타나는 아무런 특징도 없이, (다 똑같이)

다른 어느 것과 마찬가지로 멀리 들릴 것이다.

　이 기록은 전달된다, 똑같은 수단으로, 아무런 특징 없이 같은 경로로 같은 양식으로 전달되어 알려진다: 그 말. 그 영상, 대중에게 호감을 사기 위해, 정보를 조작하여 단조롭고, 속되게 만들어버린다. 그들의 연출이 아무리 매혹적이라고 해도 더 이상 그들 자신의 공모의 수법을 벗어나지 못한다. 반응은 미리 정해져 있다. 아무리 수동적으로 가능하다 하더라도 무반응을 성취하기 위해, 흡수시키고, 일방적 소통에 순응시키기 위해 중화되어 있다.

　왜 지금 그 모든 것을 부활시키는가. 과거로부터. 역사를, 그 오랜 상처를. 지난 감정을 온통 또다시. 그것은 똑같은 어리석음을 다시 사는 것을 고백하기 위해서다. 지금 그것을 불러일으켜 잊힌 역사를 망각 속에서 되풀이하지 않기 위해서다. 말과 영상 속에서 또 다른 말과 영상을 조각조각 끄집어내어, 잊힌 역사를 되풀이하지 않겠다는 대답을 끄집어내기 위해서다.

루스벨트 대통령에게 보내는 하와이 한인들의 탄원서

호놀룰루, T. H.

1905년 7월 12일

미합중국 대통령 각하께,

각하, ―다음의 서명인들은 하와이 영토에 현재 거주하고 있는 8천 명 한국인으로부터 1905년 7월 12일 호놀룰루 시에서 개최된 특별 민중회의에서 다음과 같은 탄원을 각하께 제출하도록 권위를 부여받았습니다:―

우리, 하와이 제도의 한국인들은, 1천 2백만 동포들의 감정을 대변하여, 각하 앞에 다음과 같은 사실을 겸허하게 알려드립니다:―

러시아와 일본의 전쟁이 시작되자, 우리 정부는 곧 일본과 침략과 방어를 위한 동맹조약을 맺었습니다. 이 조약으로 인하여 한국 전체가 일본인들에게 개방되었고, 정부와 국민들은 일본 통치자들의 한국 내부와 인접 지역에서의 군사 작전에 협조하게 되었습니다.

이 조약의 내용은 각하께서도 틀림없이 알고 계시리라 믿기 때문에 이 탄원서에 그 내용을 포함시킬 필요는 없다고 생각합니다. 다만 이 조약의 목적이 한국과 일본의 자주성을 보존하기 위함이며 러시아의 침략으로부터 보호하기 위함이었음을 천명하고자 합니다.

한국은, 일본의 우정과 러시아로부터의 보호에 대한 대가로, 일본인에게 한국을 군사 작전의 기지로 사용할 수 있도록 허가해줌으로써 편의를 제공해왔습니다.

이 조약이 체결되었을 때, 한국인들은 일본이 국가 경영에 있어서 유럽이나 미국과 같은 현대 문명의 대열에 이르는 개혁을 도입해줄 것이라는 기대로 가득 찼었고, 일본이 우호적으로 우리 국민들에게 조언하고 상담해줄 것으로 기대했습니다만 일본 정부는 한국인들의 상태를 증진시키는 일은 단 한 가지도 하지 않아 우리에게 실망감을 주었습니다. 오히려, 수천 명의 거칠고 무질서한 일본 남자들을 풀어놓아, 비공격적인 한국인들을 가장 기가 막힌 태도로 대했습니다. 한국인들은 본래 호전적이거나 공격적인 국민들은 아니지만 일본인들의 야만적인 행동에 대해 심히 분개하고 있습니다. 우리는 일본 정부가 한국에서 그들의 국민들이 서슴없이 폭력을 자행하도록 인정해주었다고 생각하지는 않지만, 그들은 이러한 사태를 저지하기 위해 아무것도 한 것이 없습니다. 그들은 지난 18개월 동안, 우리 정부로부터 특별한 권리와 혜택을 강제로 얻어내고 있으며, 그래서 오늘날 그들은 실질적으로 한국에서 가질 만한 가치가 있는 것은 실제로 모두 소유하고 있습니다.

우리, 한국의 일반 국민들은, 일본이 동맹조약을 체결할 때 한 모든 약속에 대하여 확신을 잃었으며, 우리 민족에 대하여 가지고 있다는 선의를 진정으로 의심하는 바입니다. 지리적, 인종적, 그리고 상업적 이유 때문에 우리는 일본과 우호적이기를 원했고, 심지어 내부 개혁과 교육의 문제에서 우리의 이정표와 본보기로까지 삼으려 했으나, 일본은 개발 정책을 펼치는 데 있어서도 한국으로 하여금 모든 비용을 지출토록 끊임없이 요구하고 있어 우리의 믿음을 뒤흔들어놓았으며, 지금 일본이 우리의 내부 개혁을 도와주지도 않을 뿐 아니라 한 국가로서의 우리의 독립을 보장해준다는 약속도 지키지 않을까 두렵습니다. 다시 말하자면, 한국에 대한 일본의 정책은 전쟁 전 러시아의 그것과 정확히 같은 것입니다.

미합중국은 우리나라에 여러 가지 이해관계가 있습니다. 미국인이 경영하고 있는 산업적, 상업적, 종교적 사업들은 굉장한 비중을 차지하고 있기 때문에 우리는 미국 정부와 국민들이 한국의 진정한 실태와 일본이 우리나라를 장악하게 된 결과에 대해서 알아야 한다고 믿습니다. 우리는 미국 국민들이 공명정대함을 사랑하며 정의를 옹호한다고 알고 있습니다. 우리는 각하께서도 개인 간에나 국가 간에 공정한 관계를 열렬히 주창하시는 것으로 알고 있으며, 그러므로 각하께서 우리 민족의 생존에 있어 결정적인 이 시기에 우리나라를 도와주실 것을 희망하며 이 탄원문을 보내는 것입니다.

러시아와 일본 평화사절 간의 회담 기간에, 각하께서 그들의 해결 방안 조건에 대하여 어느 쪽에도 아무런 제안도 하고 싶어 하지 않는다는 것은 충분히 이해하나, 한국이 자주적 정부를 유지할 것과 다른 세력이 우리 국민을 억압하거나 잘못 대우하는 일이 없을 것을 책임져주시기를 진심으로 바랍니다. 한미 조약의 구절에는 미국에 협조를 청할 권리가 있으며, 지금이 우리에게는 그 협조가 가장 필요한 시기인 것입니다.

존경심과 함께, 각하의 백성들,

(서명) P. K. 윤[20]

　　이승만

1919년 3월 1일. 모든 사람들은 자신 속에 나라의 국기를 지니고 다닐 것을 알고 있다. 동시에 모든 사람들은 이 행동에 따른 처벌이 무엇인지도 잘 알고 있다. 행진이 시작되고, 태극기는 꺼내져, 보이고, 물결치고, 개인마다 이 나라 이 민족의 독립과 자유를 부르짖는다. 이에 따른 처벌을 잘 알면서도. 앞장서서 행진하던 그녀의 부모가 쓰러졌다. 그녀의 오빠들도. 수많은 사람들이 총탄에 맞아 쓰러지고 적의 군대가 무차별하게 휘두른 칼에 찔렸다. 관순은 혁명의 지도자로 체포되고, 거기에 해당하는 벌을 받는다. 그녀는 칼로 가슴을 찔리고, 문초를 받지만 아무 이름도 밝히지 않는다. 7년의 형이 내려지고 그때에 그녀의 대답은 나라 자체가 감옥살이를 한다는 것이다. 어린 혁명가 어린 애국자 여자 군인 민족의 구원자. 영원히 기억될 한 행위. 한 존재의 완성이다. 한 순교. 한 나라의 역사를 위한, 한 민족의.

어떤 사람들은 나이를 모를 것이다. 어떤 사람들은 나이를 먹지 않는다. 시간이 멎는다. 시간은 어떤 사람들을 위해서는 멈추어 준다. 그들을 위해 특별히. 영원의 시간. 나이가 없는. 시간은 일부 사람들을 위해서 고정된다. 그들의 영상, 그들의 기억은 쇠퇴하지 않는다. 자신을 재생산과 번식으로, 영혼으로부터 추출되어 잡힌 이미지와는 달리. 그들의 면모는 성스러운 아름다움, 계절의 부패를 모르는 아름다움을 상기시키는 것이 아니며, 피할 수 없는 것이나, 죽음도 아니고 죽는-것 자체를 상기시킨다.

기억과 정면으로 마주 대보면, 그것은 빠져 있다. 그것이 빠져 있다. 여전히. 시간은 어떠한가. 움직이지 않는다. 거기에 머물러 있다. 아무것도 빠뜨리지 않는다. 시간이 말이다. 나머지 모든 것. 모든 나머지 것들. 모든 다른 것은, 시간에 지배된다. 시간에 대답해야 한다, 다만. 사산된. 무산된. 겨우. 영아. 씨, 씨눈, 새싹, 그보다도 못한. 잠자고 있는. 정체되어 있는, 사라져버린.

목이 잘린 형상들. 낡은. 흙진, 이전의 형상의 과거의 기록, 현재의 형상은 정면으로 대면해 보면 빠진 것, 없는 것을 드러낸다. 나머지라고 말-해-질, 기억. 그러나 나머지가 전부다.

기억이 전부다. 잃어버린 것에 대한 열망. 빠진 것을 지킨다. 커졌다 작아졌다 하는 부정의 사이에 고정되어 진보의 표시라고는 보이지 않는다. 그 밖의 모든 것은 시간이 지나면 나이를 먹는다. 단지. 어떤 사람들은 나이가 없다.

Some will not know age.

stop for some. For them

As deterioration. Time f

Their image, the mem

captured the hallowed beauty tha

Standing before hallowed b

loss, the absence, the put

missing stating left to the

Their countenance evokes

the inevitable ∧ the dy-ing.

not death, but

Standing before hallowed be

Standing face to face with

missing. Still. what of time

Misses nothing. Time, that

all off things other. Subje

Time dictates all else, ex

age. Time stops. Time will

cially. Eternal time. No age.

for some. ~~In their view~~

em. ~~On their countenance~~

~~us~~ evidence ~~only~~

The ~~only~~ beauty, ~~that connects~~ ~~because of th~~ , only because

ect ~~presents~~ exposes the loss, the

imaginary.   Evokes not the

the ~~the~~ beauty, ~~weathering~~ the decay

hallowed beauty from the

~~The beauty,~~ ~~only because~~ ~~that is~~

~~more~~ memory of. It misses. it's

not more. remains there.

all else. all things else.

me. Must answer to time.

me.

+ misses. all installed in time,

칼리오페   서사시

어머니, 당신은 열여덟 살입니다. 당신은 만주, 용정에서 태어났고 이곳이 지금 당신이 사는 곳입니다. 당신은 중국인이 아닙니다. 당신은 한국인입니다. 그렇지만 당신의 가족은 일본의 점령을 피해 이리로 이주했습니다. 중국은 광대합니다. 광대함 그 자체보다도 더 광대합니다. 사람의 마음은 땅덩어리의 크기에 따라 측정된다고 당신은 늘 제게 말씀하십니다. 광대한 만큼 침묵하는. 당신은 다른 한국인들이 거주하고 있는 마을에 삽니다. 당신과 같은. 피난민들. 이민자들. 유배자들. 당신의 나라가 아닌 그 땅에서 머나먼 곳. 더 이상 당신의 나라가 아닌 그곳에서.

당신은 보고 싶지 않았습니다. 더 이상 볼 수 없습니다. 그들이 하는 짓을. 그 땅과 사람들에게 하는 짓을. 그 땅이 당신 자신의 것이 아닌 이상. 그것이 다시 당신의 것이 될 때까지는. 당신의 아버지는 그 땅을 떠났으며 당신의 어머니도 다른 사람들과 마찬가지로 떠났습니다. 당신은 떠나야 한다는, 떠났다는 것을 알고 고통스러워합니다. 그러나 당신의 **마-음**, 영혼은 떠나지 않았습니다. 절대로 떠나지 않았으며 절대로 떠나지 않을 것입니다. 지금 그렇지 않습니다. 오늘날까지도 아닙니다. 그것은 당신의 떠나지 않는 기억 속에 아로새겨져 있습니다. 기억이랄 수도 없습니다. 왜냐하면 그것은 과거가 아니기 때문입니다. 과거일 리가 없습니다. 도저히 과거일 수가 없습니다. 지금 불타고 있습니다. 활활 타오릅니다.

어머니, 당신은 아직도 어린아이입니다. 열여덟 살 난. 당신은 늘 아프기 때문에 더욱더 어린아이입니다. 당신은 고된 일상생활로부터 보호받았습니다. 하지만, 당신은 다른 사람들처럼 강제로 주어진 언어를 말합니다. 그것은 당신의 언어가 아닙니다. 비록 당신의 언어가 아닐지라도 당신은 그 언어로 말해야만 한다는 것을 압니다. 당신은 이중 언어 사용자입니다. 당신은 삼중 언어 사용자입니다. 금지된 언어는 바로 당신의 모국어입니다. 당신은 어둠 속에서 말합니다. 비밀 속에서. 바로 당신의 언어를 말입니다. 당신 자신의 언어. 당신은 아주 부드럽게, 속삭여 말합니다. 어둠 속에서, 비밀스럽게. 모국어는 당신의 안식처입니다. 당신의 고향입니다. 당신의 존재 그 자체입니다. 진정으로. 말한다는 것은 당신을 슬프게 합니다. 그리움. 말 한마디를 발설하는 것은 죽음을 무릅쓰는 특권입니다. 당신뿐만 아니라 모두의 죽음을. 법으로 혀가 묶이고 말이 금지된 당신들 모두 하나. 당신은 마음 한가운데에 위는 붉고 아래는 푸른색인, 하늘과 땅을 의미하는 태극; 타이치t'ai-chi 마크를 가지고 다닙니다. 그것은 상징입니다. 속한다는 상징. 목적[21]의 상징. 다시 찾을 수 있다는 상징. 탄생에 의한. 죽음에 의한. 피에 의한. 당신은 그 상징을 당신의 가슴 속에, **마-음** 속에, 당신의 **마-음** 속에, 당신의 영-혼 속에.

당신은 노래합니다.

울 밑에 선 봉선화야

네 모양이 처량하다

길고 긴 날 여름철에

아름답게 꽃 필 적에

어여쁘신 아가씨들
너를 반겨 놀았도다.

진정 이것이 애국가였을 것입니다. 부르는 것이 금지된 민족의 노래. 태어나지 않은. 그리고 고아인. 그들은 당신에게서 언어를 빼앗아 갔습니다. 그들은 당신에게서 합창의 찬가를 빼앗아 갔습니다. 그러나 당신은 언제까지나 이럴 수는 없다고, 그리 오래 걸리지도 않을 것이라고 말합니다. 영원히는 아니라고. 당신은 기다립니다. 당신은 방법을 알고 있습니다. **마-음**속에 불이 활활 타오릅니다.

자비송으로부터 대영광송까지 성모님의 노래 그리고 거룩하시도다. 응답송가까지. 분명히. 곧, 응답이 올 것이다. 응답. 마치 메아리처럼. 예물봉헌 다음에. 봉헌. 희생, 축원, 헌신, 노베나, 아침기도, 새벽기도, 저녁기도, 철야기도, 저녁성가, 철야성가, 참례, 흠숭, 공경, 영광, 기원, 간구, 청원, 암송, 서원, 제물. 확실히, 모두 그리고 더. 멈춤 없이. 다시. 반복에 반복.

당신은 기다릴 줄 아는 사람입니다. 미제레레[22]에서 기다립니다. 글로리아[23]에서 기다립니다. 마그니피카트[24]에서 기다립니다. 상투스[25]에서 기다립니다. 응답송가를 위해서. 응답성가. 합창 응답. 메아리의 밀물과 썰물 속에서.

그들은 당신 눈의 시력까지 금지시키지는 못했습니다. 당신은 봅니다. 당신은 보게끔 되어 있습니다. 당신은 보아서 알고 있습니다. 당신 스스로. 눈은 저주받지 않았습니다. 당신은 결국 보았습니다.

당신이 목격한 것. 그것이 교훈이 되도록 하십시오. 당신은 더욱 멀리 봅니다. 더욱 멀리 더 멀리, 당신은 보게끔 되어 있는 것, 보기만 하도록 되어 있는 것을 넘어섭니다. 당신은 비록 아무 말도 하지 않으셨지만 상징을 지나갑니다. 누구나 본 사람은, 더 멀리 봅니다. 허락된 것보다 훨씬 더 멀리. 그리고 당신은 기다립니다. 당신은 침묵합니다. 때를 기다립니다. 시간. 태양이 떠서 질 때까지 하루를 나타내는 돌멩이를 하나 놓습니다. 시간의 배를 채웁니다. 돌멩이 돌멩이. 삼백육십오 일을 삼십육 년으로 곱합니다. 어떤 사람들은 그 속으로 태어났습니다. 그리고 어떤 사람들은 그 속으로 죽어갔습니다.

광복 전의 몇 날들이었습니다. 당신의 아버지. 당신의 어머니. 그 말을 하면서 죽어갔습니다. 그들은 단 하나의 유감. 그들의 눈으로 직접 전복을 보지 못한 것. 반격. 당신을 강제로 빼앗은 사람들의 축출. 유황과 불에 의한 척결을 목격하지 못한 것, 그 집의. 그 나라의.

당신은 씁니다. 당신은 쓰고 당신은 말합니다. 가면 속에 숨겨진 음성으로 달을 향해 말을 심고 바람에 말을 실어 보냅니다. 계절의 지나감을 통해. 하늘에 의해 물에 의해 말은 탄생하고 분별이 주어집니다. 한 입에서 다른 입으로 전해져, 한 사람이 읽고 다른 사람이 받아 읽으면서 그 말들은 온전한 의미를 실현하게 됩니다. 바람. 여명 또는 황혼에 진흙의 땅과 이동하는 철새들 남쪽으로 향하는 철새들은 주둥이 메시지의 씨를 위해 귀신의 베일을 씁니다. 통신. 말을 퍼뜨리기 위한.

어머니, 당신은 열여덟 살입니다. 때는 1940년. 당신은 이제 사범

대학을 갓 졸업했어요. 당신은 시골 작은 마을에 첫 교사 발령을 받았습니다. 당신은 사범대학을 다닐 때 만주 정부로부터 빌린 융자금을 갚기 위해 이 정부가 지정하는 학교에서 의무적으로 삼 년 동안 가르쳐야 했어요. 어머니 당신은 아직도 성인이 아니었습니다. 당신은 한 번도 어머니와 아버지의 집을 떠난 적이 없었어요. 당신은 사남매 중 막내였습니다. 항상 몸이 아팠어요. 당신은 고된 일상생활에서 보호받았지요. 언제나 가족 중 제일 어린, 아이.

당신은 당신의 아버지와 함께 이 마을을 기차로 여행했습니다. 서양식 옷을 입었어요. 기차역에서는 마을 사람들이 천진난만한 눈길로 당신을 쳐다보고 어떤 사람들, 특히 아이들은 당신의 뒤를 따라다니기도 했지요. 그날은 일요일이었습니다.

당신은 이 마을에 육 년 만에 온 첫 여교사입니다. 어떤 남자 선생이 당신을 맞이해요. 그는 일본말로 대화를 해요. 일본은 이미 한국을 점령했고 중국 점령을 기도하고 있었어요. 이 조그만 마을에서까지도 그들의 존재가 느껴져요. 일본말을 하는 것을 보면. 사무실 입구에 일장기가 걸려 있어요. 그 밑에는 메이지 천황의 교육 훈시가 보라색 헝겊 틀에 들어 있어요. 특별한 때에는 교장이 모든 학생들에게 그것을 읽어주어요.

선생들은 서로 일본어로 말해요. 당신은 한국 사람이에요. 선생들은 모두 한국인이에요. 당신은 1학년 반에 임명되었습니다. 당신의 학급엔 모두 50명의 아이들이 있습니다. 그들은 이름을 한국어로 말하고 동시에 일본어로 어떻게 부르는지를 말해야 합니다. 당신은 그들에게 한국어로 말을 해요. 아이들이 일본어를 알기에는 너무 어리기 때문이지요.

때는 2월입니다. 만주에서. 이 마을에서 당신은 혼자이고 당신은 고생이 극심합니다. 당신은 수줍고 마을 사람들의 일상생활에 익숙하지 못합니다. 당신은 지불해야 할 하숙비를 제외하고는 나머지 월급 모두를 집으로 보내요. 당신은 좁쌀과 보리 이상의 음식을 요구할 수 없어요. 당신은 주어진 것만을 받아요. 언제나 그렇습니다. 언제나 그랬습니다. 당신. 당신의 민족은.

당신은 기차를 타고 집에 가요. 어머니⋯ 벌써 불러요, 대문에서부터요. 어머니, 당신은 기다릴 수 없었어요. 그녀는 만사를 제쳐놓고 달려 나와 당신을 반겨 맞이했고 안으로 데리고 들어가 음식을 내왔어요. 당신은 이제 집에 왔어요. 당신의 어머니, 당신의 집에. 그녀의 정체성, 그녀의 존재가 나온 떼려야 뗄 수 없는 어머니. 같은 공기를 마시고 손은 더 이상 손이 아니고 깨어지고 해진 도구, 제발 죽음이 그 손을 가져가지 마옵소서. 어머니, 절대로 그 손은 죽음도 가져가지 못합니다. 어머니, 저는 당신을 만나볼 수 있기 위해 꿈을 꿉니다. 잠 속에서는 천국이 가까이 내려옵니다. 어머니, 내 최초의 소리. 최초의 말. 최초의 개념.

일요일 오후입니다. 당신은 학교로 돌아가야만 합니다. 학생들이 정거장에서 당신을 기다리고 있습니다. 그들은 당신을 집까지 배웅하고 음식을 날라 옵니다. 5일이었습니다. 만주는 아직 추웠습니다. 당신은 월요일, 화요일, 수요일, 일을 하고 목요일이 지납니다. 금요일 아침에는 몸의 상태가 좋지 않습니다. 열과 오한이 동시에 온몸을 휩싸고 있습니다. 당신은 몸을 따뜻하게 하려고 미지근한 담벼락에 기대어 서서 햇볕을 쬐고 있습니다. 당신은 말려들어갑니다. 당신의 앞뒤로 온 주위로 향한 쓰러짐과 미끼, 피부 속으로 싸늘한 공기가 온몸에 바람을 불어넣기 시작하고, 승리를 향한 검은 불길이 일어나고 소집, 회유, 거절할 수 없는 끌어당김이 영상으로 가득 찬 틈도 없이 빼곡한 잠睡眠을 대치시킵니다. 심문, 말, 잡음의 연속이 마를 사이가 없습니다. 음악도 동등하게 과장되어 있습니다. 당신은 이 모든 것에 양보하고 있습니다. 그들은 너무 빨리 다가옵니다. 당신은 그들을 모르고, 결코 본 적도 없지만 그들은 당신을 찾아와 당신의 전부를 점령하고 공기도 없고 공간도 없는 곳에 당신을 매달아놓습니다. 그들은 당신에게 그들의 말을 강제로 듣게 하고 그들에게만 말하도록 당신에게 명령합니다.

당신은 어디론가 가고 있습니다. 당신은 어딘가에 있습니다. 이 정적. 당신은 어떻게 이렇게 고요할 수가 있을까 상상도 할 수 없습니다. 정적. 온 주위가 고요합니다. 그러한 정적. 끝이 없습니다. 공간에 대한 확인도 필요치 않을 정도로 광활한. 아무것도 움직이지 않는. 그런 적막함. 아무런 고생도 없습니다. 그 자체 단지 그 자체의 것이 있을 뿐. 다른 아무것도 없습니다. 상상할 수 있는 시간도 없습니다. 시간을 확인해볼 필요가 없는 총체적인 시간.

당신은 안으로 움직입니다. 이 정적 속으로. 느림이 동작을 거의 알아볼 수 없도록. 멈춤들. 휴식이 못 되는 멈춤들. 새로운 움직임, 단지 다음 동작으로 연결되기 위한 움직임. 새로운 동작으로 길어지기 위하여 멈춥니다. 당신은 천국이 이러해야 한다고 말합니다. 당신은 죽음이 이러할 것이라고 말합니다. (기억도 없고. 꿈도 없는.) 그 후에. 두터운 정적의 무거움. 당신은 하라는 대로 움직입니다. 전혀 움직임을 앞서가거나 뒤지지 않고 당신은 밖으로부터 운반하는 무게를 내부의 무게로 만듭니다. 당신은 움직입니다. 당신은 옮겨집니다. 당신이 곧 움직임[26]입니다. 따로 떼어놓을 수 없습니다. 정의를 내릴 수도 없습니다. 고정된 어휘가 없습니다. 아무것도. 단 하나도 없습니다.

당신은 어느 집으로 옵니다. 크기가 굉장합니다. 집 앞에 여인들이 서 있는데 이상하고 아름다운 헝겊으로 만든 옷을 입고 있습니다. 그들은 마치 몸에 날개를 단 듯 미풍에 실려 땅 위에 떠서 날아왔습니다. 멀리서는 그들의 동작이 축소되어 더욱 선명하게 보입니다.

집 한쪽에 아주 넓은 화단이 보입니다. 끝이 보이지 않습니다. 그곳을 지나 커다란 홀에 이르면 오케스트라가 음악을 연주합니다. 그 반대쪽에는, 긴 비단 헝겊을 몸에 두른 여자들이 춤을 추고 있습니다. 그들은 당신을 황홀하게 합니다. 당신의 감각을 마비시킵니다. 당신은 오랫동안 넋을 잃고 바라봅니다. 그 고요한 상황을 어떻게 묘사해야 할지 표현을 상상할 수 없습니다. 호기심은 당신을 더욱 이끌어 가고, 당신은 식당처럼 보이는 곳을 향해 발길을 옮깁니다. 그곳엔 옷을 잘 차려입은 사람들이 있는데, 그것은 우리의 전통의상도 아니고 외국 의상도 아닙니다. 당신은 그들을 지나 한참을 걷습니다. 반대 방향에서 세 여인이 당신에게로 다가옵니다. 그들이 당신에게로 가까이 올수록 이상한 아름다움이 더해갑니다. 당신은 그들이 제각기 음식이 담긴 커다란 접시를 가지고 오는 것을 봅니다. 그 접시는 어디의 것인지 알 수는 없으나 그것은 당신을 완전히 매혹시킵니다.

그들의 영혼이 당신의 영혼을 사로잡습니다. 당신은 움직일 수 없고, 그들은 당신을 그들의 시선으로 붙들고 더욱 가까이 다가옵니다. 그들은 당신에게 미소 지으며 당신을 위해 특별히 이 음식을 준비했노라고 말합니다. 첫 번째 사람은 당신과 마주 서서 당신에게 음식을 먹으라고 합니다. 당신은 맛있는 냄새가 아름답게 담겨 있음에도 불구하고 고개를 저어 거절합니다.

그때에 예수는 광야에서 악마의 시험을 당하기 위해 성령의 인도를 받았다.

2 그리고 사십 날과 사십 밤을 금식했을 때, 그후에 그는 배가 고팠다.

3 그리고 유혹이 그에게 찾아왔을 때, 악마는 만약 네가 하느님의 아들이라면 이 돌이 빵이 되도록 명하라고 말했다.

4 그러나 그는 대답해 말하기를 사람은 빵만으로는 살지 않으며 하느님의 말씀으로 산다고 씌어 있다고 하였다.

두 번째 사람이 그녀의 접시에 담긴 음식을 권하고 당신은 또 거절합니다. 당신은 말은 못 하고 머리만 흔들 뿐입니다.

5 그다음 악마는 그를 신성한 도시로 데리고 가 성전의 맨 꼭대기에 앉혔다.

6 그리고 말했다. 네가 만약 하느님의 아들이라면 몸을 던져 뛰어내리라: 성경에 쓰인 대로 천사들이 너를 맡아 볼 것이다: 천사들이 너의 발이 돌에 부딪히지 않도록 너를 받들 것이다.

7 예수가 그에게 말하되 씌어 있기를 너희는 하느님 아버지를 시험하지 말라고 하였다.

세 번째 사람이 당신에게 "그러면 당신은 제 것을 드십시오"라고 말합니다.

8 악마는 다시 그를 데리고 아주 높은 산으로 올라갔다. 그리고 세상의 모든 왕국들과 그 영광을 보여주었다;

9 그리고 말했다. 네가 엎드려 나를 경배하면 나는 이 모든 것을 너에게 주리라.

10 그때 예수가 말하기를, 사탄아 물러가라: 너희는 하느님을 경배하라. 그리고 하느님만을 섬기라고 씌어 있느니라.

11 그때 악마는 물러가고 보라, 천사들이 와서 그를 시중들었다.

당신이 받아들이지 않자 세 번째 여인은 당신을 밀치며 "먹지 않으면, 당신은 불구자가 되어야 해!"라고 말합니다. 당신은 떨어집니다. 깊이 떨어집니다.

어머니가 당신의 왼손을 잡고, 아버지는 당신의 오른손을 잡고, 당신은 꼬부라드는 손가락을 펴달라고 애원합니다. 당신은 손등에 떨어지는 어머니와 아버지의 더운 눈물을 느낍니다. 죽을 때가 되면

손가락이 꼬부라져 오그라든다고 하지 않았던가. 그 애는 아무것도 먹지 않았다. 그러니 어떻게 살겠느냐고 하는 아버지의 음성이 들립니다. 이 말을 듣자 당신은 먹을 것을 좀 달라고 말합니다. 죽을 때 사람들은 마지막 소원으로 음식을 원한다고 그들은 말합니다. 그들은 당신에게 먹을 것을 가져다줍니다.

　어머니, 더 이상 당신을 유배 보내겠다는 통첩장도 날아오지 않고, 당신의 죽음을 애도하는 검은 까마귀도 존재하지 않습니다. 천국이나 지옥 어느 것도 당신을 데려가지 않으며 데려갈 수도 없고 그들이 당신에게 너무 가까이 떨어지면 그들 서로에게 떨어지도록 하고 당신은 당신의 한 어머니와 당신의 한 아버지에게로 돌아오고 돌아옵니다.

나는 씁니다. 당신에게 씁니다. 여기에서. 쓰고 있지 않을 때는, 쓰기에 대해 생각합니다. 구상합니다. 움직임들을 기록하며, 당신은 여기에 있고 나는 언성을 높입니다. 소리와 잡음의 파편들이 모여 먼지, 티끌을 모읍니다. 흩어져서 보이지 않기도 합니다. 말의 조각들, 깨어진 돌 부스러기들. 공허하지도 않고 비어 있지도 않은. 그들은 당신[27]이 모두 하나이고 같은 쪽으로 향했다고 생각합니다. 주위의 굉장한 소리가 보이지 않는 선의 거리 사이에서 윙윙거리고 이 선은 공허와 그 주위를 둘러싸고 있는 공간을 들락거리며 연결시켜줍니다.

그들은 아직 묻지 않았습니다. 그들에게는 모두 똑같은 것입니다. 그것은 지시를 따릅니다. 아직 아닙니다. 그들은 아직 지도의 방법을 배우지 않았습니다. 목적한 바를 뛰어넘어 감추어진 것까지도 밝혀내는. 목적한 바.

나는 서류들을 가지고 있습니다. 서류, 증명, 증거물, 사진, 서명. 어느 날, 당신은 오른손을 들어 맹세하고 미국인이 됩니다. 그들은 당신에게 미국 여권을 줍니다. 미합중국. 어디에선가 누군가가 나의 정체를 뺏고 그대신 그들의 사진으로 대치시켰습니다. 다른 것. 그들의 서명 그들의 날인들. 그들 자신의 이미지. 그리고 당신은 행정부와 입법부 그리고 제3의 부를 배웁니다. 정의. 사법부. 그것이 다른 점입니다. 그 나머지는 과거입니다.

당신은 돌아가지만 그들 중의 하나가 아니고, 그들은 당신을 냉담하게 취급합니다. 그들이 뭐라고 하는지 당신은 언제나 알아들을 수 있습니다. 그러나 서류는 당신을 폭로해버립니다. 10피트 거리마다 그들은 당신의 정체를 묻습니다. 그들은 당신이 말을 할 수 있는지 없는지에 대해 언급합니다. 그들은 당신이 국적에 대해 진실을 말하는지 아닌지를 문제 삼습니다. 그들은 당신이 말하는 것과 달라 보인다고 말합니다. 마치 당신이 당신 스스로가 누구인지를 모른다는 것처럼. 당신은 당신이 누구인가를 말하지만 곧 자신을 의심하기 시작합니다. 그들은 당신을 샅샅이 조사합니다. 그들, 알 수 없는 종류의 제복, 각 부서, 층, 계급, 기타 잡다한 뭔지 모르는 정복 차림의 그들. 그들은 계급이 무엇이든, 직책이 얼마나 낮든 권력을 가지고 있습니다. 그들의 권력은 그들 의상 속에 꿰매져 있습니다. 10피트마다 서 있는 그들은 매번 당신이 누구이며 어떤 존재이며, 누구를 대표하는 사람인지를 밝힐 것을 요구합니다. 그들의 시선은 해당 서류에 모아집니다. 그들의 시선은 당신의 얼굴과 서류 사이를 번갈아 오가며 당신은 언제, 이 나라를 떠났고 당신은 왜 이 나라를 떠났으며 왜 다시 이 나라로 돌아왔는가 묻습니다.

당신은 색깔과 색조의 똑같음을 보고, 똑같은 형태와 형체를 보고, 변하지 못할 것과 변하지 않을 것을 보고, 진보와 서구화를 통하여 걸러지고 편집된 냄새를 맡고, 당신은 셀 수 있는 것과 셀 수 없는 것이 똑같이 서로 연결되어 겹침을 보고, 말도 똑같음을 봅니다. 당신은 의지를 보고, 당신은 숨결을 보고, 당신은 숨이 찬 것과 의지가 없음을 보지만, 그러나 여전히 의지를 봅니다. 의지, 오직 의지만이 이 땅 이 하늘 이 시간 이 민족을 지탱할 것입니다. 당신은 똑같이 한 조그만 분자입니다. 당신은 떠나갔다가 다시 돌아옵니다. 오랫동안 비워놓았던 껍데기로. 그 공간을, 요구하기 위하여 되찾기 위하여. 상처는 입 속으로 들어가며 그 순서가 거꾸로 되어 신체의 각 기관이 제자리로 돌아갑니다. 동맥, 선線, 박동 요소, 이식되고, 피부 위에 피부로 수용된, 점막, 혈관, 물들, 댐들, 수로들, 운하들, 교량들.[28]

신체의 구성은, 잉태로부터, 토양, 씨앗, 필요한 빛과 물의 양을 고려한다면, 계보입니다. 마지막 검사소까지 단 한 마디의 말도 허용하지 않고 그들은 짐꾸러미에 대한 검사를 요구했습니다. 당신은 입을 반쯤 열었습니다. 울 것처럼, 말을 할 것처럼, 나는 당신을 압니다 나는 당신을 알아요, 나는 이토록 오랫동안 당신을 만나길 기다렸습니다. 그들은 물품을 하나씩 조사하고, 외국 물건들에 대해 캐묻고 나서는, 당신을 내보내주었습니다.

우라니아 천문학

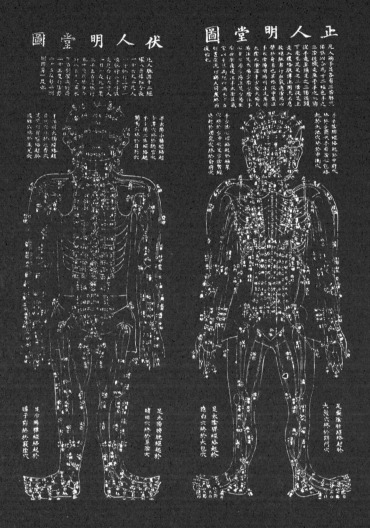

그녀는 내 왼팔을 잡고, 주먹을 쥐었다 펴라고 한다. 다시 주먹을 쥐었다 펴라고 한다, 파랑-초록-보랏빛 혈관이 나타나도록. 주먹을 쥐었다 폈다 펌프질을 한다. 그녀는 고무줄로 내 왼팔을 꽉 조여 맨다. 살갗을 두드리고 엄지손가락으로 누른다. 그녀는 고무줄을 오른팔로 옮긴다. 오른손을 쥐었다 편다, 주먹과 손바닥. 그녀는 솜에 알코올을 묻혀 팔에 대고 여러 번 아래위로 문지른다. 액체가 증발하기 시작하자 서늘함이 사라진다. 그녀는 텅 빈 주사기를 살갗에 갖다 댄다.

흐름이 없다

샘플 채취

검사용 유형

만약에 나타난다면, 불현듯 나타난다면, 갑자기, 별안간, 흐르기 시작하고, 고이기 시작하고 넘쳐 흘러내리기 시작하고 흘러 홍수가 된다면, 그렇게 된다면.

점막에 싸인 내용물들. 속에 들어 있는 염료가 방울져 흘러나온다. 다른 구석의 내용물이 밖으로 새어 나온다.

너무 오래다. 이미 충분하다. 채워지기를 기다리는 하나의 빈 육체, 한 가지 목적 오직 그 목적만을 위해 잉태된 것. 채워지기 위한. 인위적으로 채워지기 위한. 가득하다. 그녀는 바늘을 뽑고 살갗은 톡 올라온다.

만약에 거의 검정빛 가까운 액체 잉크가 자국난 점으로부터 선을 그어 중력에 의해 (피할 수 없이, 갑자기) 하나의 선으로 팔을 따라 내려와 탁자 위에 흘러내린다면, 흘러내림의 분출.

그녀가 상처로부터의 상실을 더 잘 채취하기 위하여 바늘의 몸체를 꺾어버리는 데는 몇 초가 걸리지 않는다.

얼룩이 흘려진 자리의 물질을 흡수하기 시작한다.

그녀는 네모난 탈지면을 그 자리에 대고 세게 누른다.

얼룩이 흘려진 자리의 물질을 흡수하기 시작한다.

체내에서 흘러나온 염료와 비슷한 잉크 같은 그 무엇이 이 경계 이 표면 위에 비워지고 표면 안으로 비워지고 표면 위에 비워진다. 더 많이. 다른 것들. 가능할 때, 가능하기만 하다면 찔러 구멍을 내고, 긁어 자리를 내고, 눌러 자국을 내기 위하여. 방출하라. Ne te cache pas. Révèle toi. Sang. Encre.[29] 억제된 것의 육체적 확장.

J'écoutais les cygnes.
Les cygnes dans la pluie. J'écoutais.
J'ai entendu des paroles vrai
ou pas vrai
impossible à dire.

Là. Des années après
Impossible de distinguer la Pluie.
Cygnes. Paroles souvenus. Déjà dit.
Vient de dire. Va dire.
Souvenu mal entendu Pas certain.

La Pluie fait rêver de sons.
Des Pauses. Exhalation.
Des affirmations toutes les affirmations.

Peu à peu

Impossible de distinguer les paroles
Exhalées. Affirmées en exhalation
exclamées en inhalation
Ne plus distinguer la pluie des rêves
ou des souffles

La langue dedans. La bouche dedans
la gorge dedans
le poumon l'organe seul
Tout ensemble un. Une.[30]

나는 백조들을 들었다
빗속에서 나는 들었다
나는 들었다 진실로 하는 말
혹은 진실이 아닌 말을
말하기는 불가능하다.

거기. 몇 년 후
더 이상 비를 가려낼 수 없다.
더 이상. 들은 것이 무엇인가를.
백조들. 말. 추억. 이미 말한 것.
그냥 하는 말. 방금 말했으니까.
기억했지만 듣지 못했던. 확실치 않다.
듣지는, 전혀 못한.

소리로부터 꿈꾸어진 비.
잠시 멈춤들. 내쉬는 숨.
긍정들. 모든 긍정들.

조금씩 조금씩

말을 분간할 수 없다
숨을 내쉬며 하는. 호흡의 내쉼 속에 긍정된
호흡을 들이쉬며 외쳐진
비를 꿈으로부터 더 이상 가려낼 수 없다
또는 숨결로부터도

입 속에 혀 그 속에
목구멍 그 속에
단지 폐부 하나. 단 하나의 기관.
모두 모여 하나. 오직 하나.

Là. Plus tard, peu certain, si c'était
la pluie, la parole, mémoire.
Mémoire d'un rêve.
Comment cela s'éteint. Comment l'etéindre.
Alors que cela
s'éteint.

Mordre la langue.
Avaler profondément. Plus profondément.
Avaler. Plus encore.
Jusqu'a ce qu'il n'y aurait plus. D'organe.
Plus d'organe.
Cris.

Peu à peu. Les virgules. Les points.
Les pauses.
Avant et après. Tous les avants.
Tous les après.
Phrases.
Paragraphs. Silencieux. A peu près
des pages et des pages
en mouvement
lignes après
lignes
vides à gauche vides à droite, vides de mots.
de silences.[31]

J'écoutais les signes.
Les signes muets. Jamais pareils.
Absents.

거기. 후에, 불확실한, 그것이
비, 말, 기억이었는지.
꿈으로부터 재-구성된.[32]
그것은 얼마나 스스로를 작아지게 하는가. 얼마나
스스로를 희미-하게[33] 만드는가. 희미하게
하는가. 어두워짐
으로 해서.

혀를 깨물기 위해서.[34]
삼킨다. 깊숙이. 더 깊숙이.
삼킨다. 다시 한층 더.
더 이상 신체의 기관이 남지 않을 때까지.
더 이상 기관이 없도록.
외침들.

한 번에 조금씩. 쉼표들. 마침표들.
멈춤들.
전과 후. 전체를 통해서. 모든 처음.
그후의 모두.
문장들.
문단들. 침묵. 조금 더 가까이. 가까이
페이지와 페이지들
움직임 속
행 뒤에
행
왼쪽으로 비우고 오른쪽으로 비우고, 낱말들을
비우고 침묵들을 비운다.

나는 신호들을 들었다. 나머지들. 사라진 것들.
소리 없는 신호. 결코 같지 않다.
부재의.

Images seulement. Seules. Images.
Les signes dans la pluie, j'écoutais.
Les paroles ne sont que pluie devenues neige.
Vrai ou pas vrai.
impossible à dire.

Des années et des années. Dizaines.
Centaines.
Après. Impossible de distinguer. L'entendu.
Signes. Paroles. Mémoire. Déjà
dit vient
de dire va
dire
Souvenir mal entendu, incertain.
La pluie rêve de sons. Des pauses.
Exhalation.
Des affirmations toutes les affirmations
en exhalation.

Peu à peu

Là, des années après, incertain si la pluie
la parole souvenues comment c'était comme
c'était comme si c'était[35]

Mordre la langue. Avaler. Profondément,
Plus profondément. Avaler. Plus encore.
J'usqu'a ce qu'il n'y aurait plus d'organe.

단지 이미지들뿐. 다만. 이미지들.
내가 들은 빗속의 신호들.
비가 눈으로 된 것에 불과한 말하기.
진실이든 진실이
아니든
더 이상 말하기가 가능하지 않다.

해가 가고 해가 간다. 십 년 위에 십 년.
일백 년 위에 일백 년.
몇백 년 후에. 더 이상 가능하지 않다
분별하기가.
들을 수 있는 것들. 신호들. 말. 기억.
그것은 이미
말한
말하는
말하려는
말하려고만 한
확실치 않은, 다 듣지 못한 기억
비는 소리들을 꿈꾼다. 멈춤들. 내쉬는 숨.
내쉬는 호흡 속에
긍정 모든 긍정들.

조금씩 조금씩

거기. 그때. 여러 해 후에. 불확실하다
그 비 그 말하기가 그대로 기억된 것인지,
그때 그대로 만약 그랬다면.

혀를 깨문다. 이빨 사이로. 삼킨다
깊숙이. 더욱 깊숙이. 삼킨다. 다시 한번, 더욱더.
더 이상 몸의 기관이 남아 있지 않을 때까지.

Plus d'organe.
Cris.

Peu à peu. Les virgules. Les points.
Les pauses. Avant et après. Après avoir été.
Tout.
Avant avoir été.

Phrase silencieuses.
Paragraphes silencieux
des pages et des pages à peu près
en mouvement
lignes
après lignes
vider à gauche à droit.
Vider les mots.
Vider le silence.[36]

기관이 아니다. 더 이상.
외침들.

조금씩 조금씩. 쉼표들, 마침표들, 그
멈춤들. 전 그리고 후.
존재한 후. 모두.
존재하기 전.

어구들   소리 없는
문단들   소리 없는
페이지들과 페이지들이 좀 더 가까이
움직임으로 다가간다
행
뒤에 행이
왼쪽으로 오른쪽[37]으로 비워진다.
낱말들을 배설한다.
침묵을 비운다.

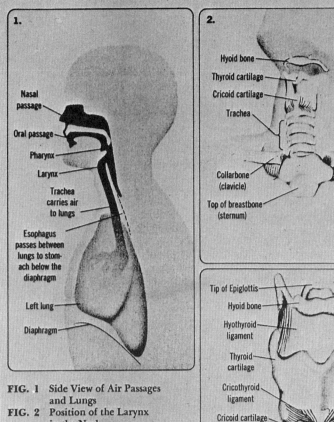

1.

Nasal passage

Oral passage

Pharynx

Larynx

Trachea carries air to lungs

Esophagus passes between lungs to stomach below the diaphragm

Left lung

Diaphragm

2.

Hyoid bone

Thyroid cartilage

Cricoid cartilage

Trachea

Collarbone (clavicle)

Top of breastbone (sternum)

3.

Tip of Epiglottis

Hyoid bone

Hyothyroid ligament

Thyroid cartilage

Cricothyroid ligament

Cricoid cartilage

Tracheal cartilage

FIG. 1   Side View of Air Passages and Lungs
FIG. 2   Position of the Larynx in the Neck
FIG. 3   Front View of the Larynx
FIG. 4   Superior View of Larynx and Vocal Folds

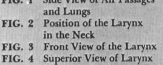

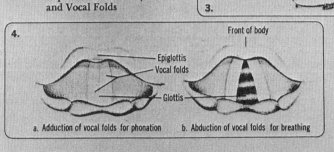

4.

Front of body

Epiglottis

Vocal folds

Glottis

a. Adduction of vocal folds for phonation   b. Abduction of vocal folds for breathing

하나씩 하나씩.

그 소리들. 한 번에 하나씩 움직이는 소리들

멈춘다.[38] 다시 시작한다. 예외들

멈추고, 다시 시작한다

예외만 빼고는 모두.

멈춤. 시작. 시작한다.

수축들.[39] 잡음. 잡음 비슷한 것.

동강난 말. 일 대 일. 한 번에 하나씩.

갈라진 혀. 깨어진 혀.

피진어.[40] 말의 유사형.

삼킨다. 숨을 들이쉰다. 더듬거린다. 시작한다. 시작하기 전에
멈춘다.

막 시작하려다가, 멈춘다. 내쉬던 호흡이

갑자기 정지로 삼켜진다.

휴식. 없이. 휴식 없이 할 수 있다. 부당하다

시작도 하기 전에 쉬는 것은. 휴식의 유예.

그것들 다 없이.

멈춤이 시작된다.

정당한 멈춤들이 기대되던 곳에서.

그러나 이제는 더 이상 아니다.

멜포메네　　비극

그녀가 처음 몇 번째 줄에 앉아 있는 것이 보일 수도 있었다. 그녀는 처음 몇 번째 줄에 앉을 것이다. 가까울수록 좋다. 더욱더. 주변을 둘러싸고 있는 타인들의 존재를 더 잘 제거해 버리기 위하여, 아주 멀리 뒤에 남겨두고 온 것들로부터 떨어져 더 잘 관망할 수 있기 위하여, 더 가까이에서 얼굴과 얼굴을 맞대고 더욱더 가까이 볼 수 있기 위하여, 아무것도 보지 않고 오직 단 하나 이 광경을 볼 수 있을 때까지. 가만히, 서서히, 모든 것이 침침해지는 어둠, 그림자마저 사라지는 절대적 어둠에 잠길 때까지.

그녀는 좌석이 허락하는 만큼 뒤로, 자신의 목이 의자 등받이에 닿을 때까지 몸을 뻗친다. 그녀는 코트를 턱 밑까지 끌어올려, 흔들리는 그늘 앞에 한 덩어리로 싸고 있었다. 텅 빈 창문을 통해 가물거리는 불빛, 정원수들이 완벽한 대칭을 이루고 있는 길게 뻗은 정원의 불빛.

창문들을 넘어 정확한 시간 정확한 계절 정확한 예보. 텅 빈 곳을 넘어 정확한 배경, 부동의. 고요. 극도의 정적. 잘못 자리 잡은 것은 하나도 없다. 동등한 것도 없다. 대치할 수 없는. 전무. 후무.

항복은 완전하다. 시력조차도 부동이 되고 만다. 눈에 보일 모든 모든 것에 항거를 포기해버린다. 곧 나타나려고 하는 것. 예고. 깨트려라. 깨트려라, 무슨 수를 써서라도. 본다는 행위가 보이는 것에 변형을 가져온다는 착각. 추방은 즉각적이다. 그 전체를 되풀이하는 데는 단 일 초도 걸리지 않는다. 눈에 보인 것의 완전한 단절. 절개.

4월 19일

한국, 서울

어머니께,

　4. 19. 사 십구, 4월 19일, 18년이 지난 후. 아무것도 변한 것은 없고, 우리는 정지 상태입니다. 나는 이제 다른 언어, 제2의 외국어로 말하고 있습니다. 오랫동안 우리는 떠나 있었습니다. 그러나 아무것도 변하지 않았습니다. 정지 상태일 뿐.

　6. 25가 아닙니다. 육 이십오. 1950년 6월 25일. 오늘은 아닙니다. 이날은 아닙니다. 어머니가 묘사하셨던 폭탄은 없습니다. 하나씩 하나씩 하나 다음에 하나씩, 곤충처럼 번쩍이는 갈색의 금속 덩어리, 그것은 떨어지지 않았습니다.

　북쪽 앞에 선 사람 남쪽 앞에 선 사람에게는 봄에는 북쪽 겨울에는 남쪽으로 이주하는 모든 새가 귀환을 동경하는 심정을 비유한다. 목적지. 고향.

어린애가 딸린 여자는 닥쳐올 싸움에 대비하기 위해 울타리를 치려고 밤이 새도록 모래주머니를 나르지는 않습니다.

　목적지는 없다. 또 다른 전쟁으로부터 또 다른 피난처를 향하는 것 외에는. 목적지를 향한 여러 세대의 교체와 역사의 행로에는 많은 기만들이 있다.

어머니는 그것이 헛되지 않을 것임을 알았습니다. 삼십육 년간의 유배. 삼십육 년을 삼백육십오 일로 곱한 것. 그 어느 날 어머니의 나라가 어머니 자신의 것이 되리라는 것을. 그날은 드디어 왔습니다. 일본은 세계대전에서 패배했고 몰락하여 자기 나라로 돌아갔습니다. 어머니는 그 소리를 듣자마자 남쪽으로 내려왔습니다. 단 한 가지도 가지고 온 것 없이 사진 한 장, 기억을 회상시킬 것이라곤 아무것도 없이, 어머니의 나라가 해방되는 것을 보기 위해 모든 것을 다 버렸습니다.

또 하나의 다른 서사시로부터 또 하나의 다른 역사. 빠져 있는 이야기로부터. 수많은 이야기들로부터. 상실. 역사의 기록들로부터. 또 하나의 다른 이야기를 하기 위한, 또 다른 낭송들을 위한.

우리의 목적지는 찾기를 위한 끊임없는 움직임에 고정되어 있습니다. 그것의 영구한 유배에 고정되어 있습니다. 여기 이제 열여덟 해만에 돌아온 지금 전쟁은 끝나지 않았습니다. 우리는 똑같은 전쟁을 싸우고 있습니다. 우리는 똑같은 고투 속에서 똑같은 목적지를 찾고 있습니다. 우리는 둘로 잘렸습니다. 해방자라는 이름을 가진 추상적인 적, 보이지 않는 적에 의해. 그들은 이 잘림을 편리할 대로 내란이라고 불렀습니다. 냉전. 막다른 궁지.
　나는 똑같은 군중, 똑같은 반란, 똑같은 항거 속에 있습니다. 아무것도 변한 것이 없습니다. 나는 시위대 속에 갇혀 그 움직임에 따라 운반됩니다. 음성들이 울리고 한 목소리가 외치고 나면 많은 목소리가 물결처럼 메아리치고 나는 그 방향으로 움직입니다. 오직 한 방향, 음성들이 울리는 단 하나의 방향으로. 우리를 향한 또 다른 움직임은 우리들 서로의 목적지, 서로 반대로 향한 그들의 방향, 그들의 유일한 방향으로 끊임없이 증가합니다. 움직임.

　나는 군중들이 몸에서 몸으로 조여오는 것을 느낍니다. 이제 목소리는 더 우렁차게 울리고 나는 깨어짐의 파열을 일으키는 단 하나의 몸짓을 듣습니다. 나의 왼쪽 나의 오른쪽으로 다른 쪽을 향한 침묵이 앞으로 전진합니다… 그들은 이제 깨트립니다, 그들의 소리, 새로운 것은 아니지만 당신이 들었던, 그래서 꿈에서도 잊을 수 없었던 귀에 익은 소리, 깨트리는 소리의 결과. 연기는 대기를 감싸고 점점 피어올라 걷잡을 수 없이 퍼지고 우리는 부분으로 감소되고 뿔뿔이 흩어져 흰색과 회색 속에 가려집니다. 그 속에서 팔 하나가 머리 위로 천천히 올라와 탁한 흰색 속으로 사라집니다. 그리고 거기에선 무릎이 꺾인 다른 다리들이 땅에 엎어지고 온몸이 왼쪽으로 넘어집니다. 눈을 찌릅니다. 그것의 투입은 대기의 공기를 가르기 때문에 하늘로 아지랑이가 피어오르고 나는 방향감각을 잃고 텅 빈 거리를 달리다가 넘어집니다. 아무도 나를 보지 못했고 나는 겁습니다. 아무 데로나. 탁한 공기가 계속 눈을 찔러 눈물을 흘리며 나는 웁니다. 하늘에 남아 있는 가스 연기가 하늘을 흡수해버렸고 나는 웁니다. 거리는 깨진 벽돌 조각과 파편으로 뒤덮였습니다. 왜냐하면. 꽤 많은 신발짝들이 여기저기 널려 있는 것을 봅니다. 때로는 그들이 가져온 돌멩이들 틈에 한 켤레가 떨어져 있는 것을 봅니다. 왜냐하면. 나는 찢어진 셔츠가 널려 있는 사이사이를 밟으며 울부짖고 절규합니다. 그들의 자취는 없습니다. 피밖에는. 왜냐하면. 그들 사이를 건습니다. 그들이 걸었던 보도, 돌멩이가 떨어지듯 그들이 쓰러진 보도, 빗물로는 피가 지워지지 않습니다. 왜냐하면. 핏자국은 진하디진하게 남아 씻기지 않습니다. 왜냐하면. 나는 우는 군중을 따라갑니다. 그들의 노랫소리, 텅 빈 거리를 따라 끊임없이 이어지는 그들의 목소리를 따라.

항복은 필요 없다. 당신은 실패하기로, 순교당하기로, 피를 흘리기로, 표본이 되기로 선택되었으며, 저항했고 저항하기로 선택되었고, 순교를 위해 하나의 표본이 되기로 예정된 짐승이다, 목적과 복지, 평화, 화합, 발전을 위해서는 전혀 쓸모없는 반역자.

1962년 18년 전과 같은 달 같은 날이 다시 돌아왔습니다. 나는 열한 살입니다. 앞문으로 뛰어나가며, 어머니, 당신은 오빠를 붙들고 제발 시위에 나가지 말라고 간청합니다. 당신은 그를 협박하기도 하고, 애걸하기도 합니다. 그는 교복을 입었습니다. 학교를 대표해 시위에 나가는 다른 모든 학생들이 그랬듯이. 당신은 오빠를 잡아끌며 문을 막고 서 있습니다. 그는 당신과 다투며 당신을 밀쳐냅니다. 당신은 전신의 힘, 당신이 가진 힘을 모두 다 씁니다. 그는 바깥에 있는 학생 시위대에 참가할 태세입니다. 밖에서 총소리가 들립니다. 아무에게나 대고 마구 쏘는 것입니다.

학교에서 집으로 돌아오는 모든 거리에는 울음이 있습니다. 손과 손을 맞잡은 군중이 외치는 소리가 사방에서 점점 커집니다. 학생들. 나는 그들을 보았습니다, 우리보다 나이가 좀 위인, 남자와 여자가 서로 붙잡고 있었습니다. 그들은 제복을 입고 기다리는 다른 사람들에게로 걸어갑니다. 그쪽으로 가까이 갈수록 그들의 외침은 절정에 다다릅니다. 앞으로 나아가려는 외침을 저지하려는 외침. 명령, 학생들에게 폭력을 쓰라는 허락이 떨어졌습니다. 그들은 잡혀서 곤봉으로 맞고, 어떤 사람들은 총에 맞고, 다시 모여들고, 어디론가 실려갑니다. 그들은 쓰러지고 피 흘리고 죽어갑니다. 그들은 가스 속으로 군중 속으로 내동댕이쳐져 진압됩니다. 경찰과 군인들은 누구인지도 모르는 자신들을 복제하여, 당해낼 수 없는 숫자로 배가하여 그들의 임무를 수행합니다. 그들의 직무 이행과 그들에게 주어진 신분은 그들의 고향보다도 더 멀리 나아가, 그들의 어머니와 아버지, 그들의 형과 누이, 그들의 아이들보다도 더 멀리 나아가 그들 자신의 핏줄기보다 더 멀리 나아갑니다.

어머니는 그를, 나의 오빠를 잃는 것을 원치 않습니다. 이미 죽어갔던 다른 많은 사람들처럼 오빠가 그렇게 되기를 원치 않습니다. 당신은 이해한다고 말합니다. 당신은 그들이 아무나, 누구나 다 똑같이 죽인다고 애원합니다, 어머니는 그를 겨우 막고서 나에게 아저씨 댁으로 뛰어가 가정교사를 불러오라고 시킵니다. 뜁니다. 열심히 내달립니다. 문을 나섭니다. 재빨리 모퉁이를 돕니다. 언덕길을 막 내려가 아저씨 집에 이릅니다. 나는 문 양쪽에 독일셰퍼드 두 마리가 지키고 있다는 것을 알고 있습니다. 개집에 사슬로 묶여 있는 개들이 짖으면서 개집을 끌고 나옵니다. 나는 용감해져야 합니다. 눈을 감고 셰퍼드 사이로 달립니다. 나는 마당에서 개 짖는 소리보다 크게 가정교사를 부릅니다. 학생 몇 명이 창문 밖으로 내다봅니다. 길거리로부터, 샅샅이 수색당하는 그들의 집으로부터, 숨어 있는 것입니다. 우리는 달려서 집으로 돌아갑니다. 가정교사가 앞섭니다, 내가 집에 들어갔을 때 가정교사는 오빠 앞에 서 있습니다. 너는 밖에 나가면 안 돼 그가 말합니다 너는 ㄷㅔㅁㅗ에 참가하면 안 돼. 데. 모.

한 단어, 두 음. 너 미쳤니 가정교사가 그에게 말합니다 그들은 교복 입은 학생은 닥치는 대로 죽여. 아무나. 무엇으로 너 자신을 방어할 수 있지 그가 묻습니다. 오빠, 나의 오빠, 오빠는 이유를 대고, 죽어도 좋다고 합니다. 죽어도 좋아. 꼭 그래야만 한다면. 그는 오빠를 때립니다. 가정교사는 오빠의 뺨을 때리고 오빠는 얼굴이 붉어져서 말없이 고개를 떨구고 문에 기대어 섭니다. 나의 오빠. 오빠는 남아 있는 모든 사람이고 다른 모든 사람은 곧 오빠입니다. 당신은 쓰러지고 죽고 생명을 바쳤습니다. 그날. 비가 왔습니다. 며칠 동안 비가 왔습니다. 비가 더 많이 더 여러 번 왔습니다. 후에 모든 것이 끝났습니다. 얘기가 들렸습니다. 오빠의 승리는 그후 여러 날 동안 하늘에서 떨어지는 비와 함께 섞였습니다. 나는 빗물이 땅 위에 떨어진 핏자국을 지우지 못한다고 들었습니다. 어른들로부터, 그 피는 아직도 얼룩져 있다고 들었습니다. 수년 동안 비가 왔습니다. 오빠가 쓰러졌던 돌 보도의 핏자국은 아직도 짙게 남아 있습니다.

18년이 지납니다. 18년 만에 처음으로 나는 여기에 왔습니다, 어머니. 우리는 이 기억이 아직 생생할 때, 여전히 새로울 때, 이곳을 떠났습니다. 나는 다른 나라의 언어, 제2의 언어로 말합니다. 이것이 내가 얼마나 멀리 있나를 나타냅니다. 그때로부터. 그 시간으로부터. 나는 그때로 돌아가 지금 아주 정확하게 그 시간, 그 날짜, 그 계절, 그 연기 안개, 가랑비 속으로 정확하게 다시 돌아갑니다. 나는 모퉁이를 돌아서고 그곳엔 아무도 없습니다. 아무도 나와 마주치지 않습니다. 도로엔 온통 돌조각들. 눈을 비비려고 손바닥을 눈에 대자 눈물이 마구 흘러내립니다. 책가방을 멘 두 학동이 서로 팔짱을 끼고 난데없이 나타납니다. 그들의 하얀 스카프, 그들의 하얀 교복 셔츠, 하얀 가스의 잔여물 속으로, 그들은 울고 있습니다.

나는 도로의 두 번째 모퉁이를 지납니다. 군인들은 녹색으로 나타납니다. 항상 녹색 제복의 위장 헝겊을 두릅니다. 나무들은 녹색 트럭을 위장시켜 당신을 자연과 절묘하게 섞고, 나무들은 당신을, 총을 숨겨주어 아무도 당신을 보지 못하도록 합니다. 당신은 버스 옆 땅에 앉거나 기대어 몇 시간씩 몇 날씩 당신의 존재를 과시하며 기다립니다. 틀린 움직임을 기다리다가 어느 순간 행동을 개시할 것입니다. 단 하나의, 유일한 그것은 틀린 움직임입니다. 그것은 절대적입니다. 그들의 잘못. 당신의 지루한 기다림은 헛되지 않을 것입니다. 그들은 움직일 것이고 움직이지 않을 수 없을 것이고 그러면 당신은 그들에게로 움직일 것입니다. 그들 가운데로. 당신은 탱크 위에 서 있습니다, 다리를 정확히 몇 도의 각도로 벌리고 손을 총에 댄 채. 총은 당신의 오른쪽 발과 똑같은 각도로 바닥에 세웁니다. 당신은 90도[4]의 태양 아래 베레모를 쓰고 그늘도 없는 정문에 고정되어 움직일 수도 없고 감히 움직일 엄두도 내지 않습니다. 당신은 당신의 맹세 조국의 이름으로 초소에서 근무하고 당신은 당신의 국가 당신의 나라를 반동적인 침입으로부터 당신의 국민으로부터 방어합니다. 당신이 서 있는 동안 당신의 살갗은 당신의 제복처럼 짙게 그을리지만 당신은 듣지 않습니다. 당신은 아무것도 듣지 않습니다. 누구의 말도 듣지 않습니다. 당신은 오직 먹잇감만 보이는 곳, 그들이 당신을 보지 못하고 당신을 볼 수 없는 곳에 숨어 있습니다. 숨겨진 당신 마치 나무 속에서 움직이듯 군중 속에서 움직이는 당신 그들 안에서 움직이는 당신 당신은 눈을 감습니다. 찌르고 터지고 넘쳐흐르는 물이 그들의 기억의 그림자를 씻기고 당신으로부터 당신 자신의 피, 당신 자신의 살이 파도가 빠져나가듯 당신을 통하여 완전히 완전히 사라질 때.

당신은

요만큼

꼭 요만큼 가깝다.

팔을 꼭 그렇게, 그만큼, 벌려보라. 벌리라

엄지손가락과 검지손가락을 꼭 고만큼만

엄지손가락과 검지손가락을 꼭 고만큼만

고만큼만

당신은 억압 자체인 그 시간을 소일하려고 한다.

당신을, 구제하지 않는 시간. 당신을,

그 팽창으로부터, 차원이 없는, 그것의

경계로 정의되지 않는. 공기가 없고, 엷은.

단 하나의 생각도 떠오르지 않는

잊어야 할 것들이 있다는 생각조차. 힘이 들지 않는.

힘이 들지 않아야 한다. 힘 들 지 않게

접근할수록 그것에 더 가까워진다.

멀리 떨어져서 시간 맞추기와 반대로

뒤에서부터 한 발짝 앞으로. 뒤로 나가기.

후퇴. 뻗어나간 외곽선에서 물러나서.

상상된 것으로부터 분단에 접근하는.

적어도 적도와 관계있는 숫자의 어디엔가,

적어도 모든 지도에 나와 있고 적어도 그들 사이에 장벽이 쌓이고

적어도 군대의 제복과 총들이 그들을 제지하고 있다.

상상의 경계선들.

상상 못 할 경계선들.

그것만으로는 충분하지 않다. **그녀**는 **그녀**[42]를 적대한다.

그녀는 그녀에 대항한다.

그뿐 아니다. 버려져서

망각으로 해체되기를 거부한다.

그 기억으로부터 먼지가 빠져나오고 아직도 티끌이

아직도 물질이, 그리고 호흡이 움직인다. 죽은 공기

썩은 물이 아직도 안개를 뿜어낸다. 순수한 위험이

반딧불처럼 미세한 마찰에도 발화되어 자신을 불사른다. 타버려야

할 손실. 타지 말고, 빛을 발하라. 잃어버림으로써

빛을 발하라. 잃어버림으로써 빛을 내라.

상실로써 빛을 발하라.[43]

그러나 그것은 상실하지 않는다.

　그녀의 이름. 처음에는 이름 전체. 그다음은 한 음절 한 음절씩 입
속에서 센다. 그 음절들이 떠오르게 한다 입술이 보이지 않도록 하면
서 음절은 거듭거듭 떠오른다 그 말을 하려고 입을 열지도 않는다.
단지 이름들 영상도 없는 오직 이름들 *그녀*의 *것이* 아닌 오직 그녀
홀로의 것이 아닌 *그녀* 전부의 것이 아닌 그리고 그 영상조차 온전한
전체가 아닌

그녀의 분체 *그녀* 안에 살고 있는 병약함이

부싯돌처럼 자의적으로 일어나

순수한 위험 불에 타는 죽은 물질.

　무명의 타인들 그녀에게서 떨어져 나간 부분들이 그녀를 대체한
다. 그녀에 대하여 명분이 없는 것들. 한 국가 대 국가의 적대로 충
분하고 한때 전체였던 것이 둘로 나누어진 것으로 충분하지 않은가.
인간의 목숨을 너무 빨리 감소시키기에 충분하지 않은가. 멜포메네

를 충족시키고도 남음이 있다. 국가 대 국가 번식된 국가들 대 국가들이 자신들에게 대항한다. 그들 자신의 것. 그녀 자신의 것으로부터 자신을 물리치고 거절하고 퇴출시킨다. 그녀 자신의 것은 모든 다른 것의 안에서도, 그와 관련 있는, 그를 통하여, *그녀의* 것이다. 그녀 자신의 것들인 자손과 어머니, 데메테르와 시빌레.[44]

*그녀*에 대한 반역은 배반에 이름을 부여하는 것. 가능한 모든 이름, 서로 바꿀 수 있는 이름, 반역을 고치고, 정당화하기 위하여. 그녀의. 자신의 것. 낳지 않은 이름. 이름뿐. 실체가 없는 이름. 영원한, 영원. 끝이 없이.

언제나 있는 속임수들. 여기 악마들은 없다. 신들도 없다. 속임수의 미로. 영구히 남는 시간은 없다. 스스로를 먹어 삼키기. 자기 자신을 삼켜버리는 것. 계속 사라지면서. 자기 짝을 먹어버리는 곤충.

멜포메네를 충족시킨다, 뒤에서 번득이는 색깔, 보이지 않지만 뒤에서 그림자로 나타나는, 신들린[45] 영사막을 멈추기에. 얼음처럼. 금속. 유리. 거울처럼. 아무것도 받지 않고 아무것도 들여보내지 않는다.

민주주의를 채택한다는 목적으로 그 누구보다도 그 자신의 것, *그녀*를 계속 분산시키는 기계를 멈추어라. 멜포메네가 충분하다, 이 입으로부터 그 이름 그 낱말들 잘림의 기억을 씻어내어, *그녀*를 한번, 불러볼 수 있도록, 그리하여 이 부름의 행동, 이 행동 하나로 그녀가 즉시 입을 열어, *그녀*를 한번 불러보도록, 별개의 말을 해야 하는 일 없이.

에라토　　　연애시

그녀는 지금 들어오고 있다. 두 개의 하얀 기둥 사이로. 하얗고 돌로 된. 만지면 손을 긁어내는. 꺼칠꺼칠한. 닳아진. 그녀는 오른손으로 두 문을 잡아당긴다, 놋쇠로 된 막대기 빗장들이 그녀 쪽으로 열린다.

그녀가 들어가고 난 뒤 문이 닫힌다. 그녀는 파란색 티켓 한 장을 구입한다. 그녀는 줄에 서고 기다린다.

시각은 오후 6시 35분. 그녀는 머리를 정확하게 왼쪽으로 돌린다. 긴 바늘은 6에, 짧은바늘은 7에 있다. 그녀는 안내원에게 티켓을 내고 세 계단을 걸어 올라가 방으로 들어간다. 스크린의 하얀색이 그녀를 거의 반 발짝 뒤로[46] 물러서게 한다. 잠시 후 다시 앞으로 나아간다. 거의 맨 앞으로. 스크린 가까이로. 그녀는 왼쪽으로부터 네 번째 좌석을 잡는다. 방의 한가운데다. 그녀는 자기 왼쪽에 있는 다른 여자, 그 전날 그녀의 자리에 있었던 동일한 여자를 바라본다.

그녀는 화면의 왼쪽으로부터 등장한다, 제목들이 페이딩 인, 페이딩 아웃 하기 전에. 하얀 자막이 검은 배경 화면의 아래쪽으로 계속 지나간다. 검은색의 제목들과 이름들은 오른쪽 위 구석으로부터 나타나, 각각의 글자가 스크린의 흰색 위에 아래쪽으로 움직인다. 그녀는 하얀색에, 그리고 검은색에 시선이 끌린다. 하얀색 속에서 그림자들이 가로지른다, 어두운 형체와 어두운 빛이.

기둥들. 흰색. 석조. 껄끄럽고 닳은.

스크린의 하얀색. 그녀를 뒤로 물러서게 한다.

하얀색에 끌리고, 다음엔 검은색에. 그림자들이 흰색 위를 가로지른다, 어두운 형체와 어두운 빛이.

그녀의 얼굴을 극도로 가까운 클로즈업 샷으로 한다. 길거리로부터 다섯 개의 하얀 기둥 중 두 개의 기둥을 미디엄 롱 샷으로 촬영한다. 그녀는 왼쪽으로부터 등장하고, 그녀가 두 기둥 사이로 들어가면 카메라는 움직임을 따라 이동하고, 카메라는 문 앞에서 멈추고 그녀는 안으로 들어간다. 그녀가 티켓을 사는 동안 카메라는 왼쪽에서 그녀의 머리부터 발끝까지 전신을 미디엄 클로즈업 샷으로 잡는다. 카메라는 10분의 1초간 멈춘다. 이제 카메라는 그녀 뒤에 있고, 그녀는 줄 맨 끝에 서 있다. 롱 샷. 그녀의 뒤쪽에서 미디엄 클로즈업 샷으로 이어진다. 그녀는 머리를 날카롭게 왼쪽으로 돌린다. 컷. 시계가 극도로 클로즈업 된다. 같은 샷으로 그녀의 머리가 뒤로 도는 것을 보여준다. 그녀는 카메라를 떠나고, 다른 얼굴들이 등장, 줄을 서 있는 다른 사람들의 얼굴, 카메라는 10분의 1초간 정지 상태. 극장 안으로 세 발짝 걸어가는 그녀의 발을 클로즈업 하기 위해 카메라는 그녀의 뒤를 따른다. 그녀가 멈춘다. 그녀의 왼쪽 발이 뒤로 반 발짝 들렸다가 다시 시작한다. 카메라가 멈췄다가 위쪽으로 움직여 다시 멈춘다. 카메라는 오른쪽으로 팬[47] 한다. 줌 아웃 하면서, 극장 전체가 시야에 들어온다. 극장은 비어 있고, 그녀는 곧 통로를 돌아 앞으로 이동한다. 그녀는 앞쪽의 열을 선택하여, 왼쪽으로부터 네 번째 좌석에 앉는다. 그녀 머리 바로 뒤에서 미디엄 클로즈업 샷으로 잡는다. 그녀는 머리를 왼쪽으로 돌린다. 옆얼굴. 카메라는 왼쪽으로 팬 하여 그곳에 앉아 있는 다른 여자의 옆얼굴에 멈춘다. 카메라는 다시 오른쪽으로 팬 하고, 그녀는 머리를 앞쪽으로 돌린다. 스크린은 하얀색으로 페이드[48] 된다.

입이 움직인다. 쉬지 않고. 정확하게. 들리는 말을 형성한다. 입으로부터 귀로 움직인다. 말을 형성하는 움직이는 다른 사람들의 입술들 위에 손을 가로질러 올려놓는다. 그녀는 맞은편에서 다른 사람들이 사람들은 그녀가 아름다울 것을 기대한다. 그녀의 이름이 들어 있는 제목 자체가 그녀를 익명화하거나 평범하게 할 것이 아니기 때문이다. "…의 초상" 우리는 그녀를 볼 수 있을 것 같다. 우리는 벌써 그녀를 상상한다. 제목도 보기 전에 벌써. 그녀가 곧바로 보이지는 않는다. 그녀의 이미지, 아직 알 수 없는 그녀의 영상이 우리 마음에 매달려 있다. 사운드트랙의 음악이 그녀의 등장을 준비시킨다. 점점 더. 당신에게 그녀가 살고 있는 집이 바깥으로부터 보인다.

그리고 나서 당신은 관객으로서, 손님으로서, 그 집으로 들어간다. 그녀를 보기 위하여 들어가는 사람은 바로 당신이다. 그녀의 초상은 그녀의 물건, 그녀의 것들을 통하여 보인다. 그녀의 집 실내는 검소 말하는 동안 자신의 입으로 말을 만들어낸다. 그녀는 적절하게 입술 모양을 만들어 누구whos와 왜whys와 무엇whats을 부드럽게 불어낸다. On verra. O-n. Ver-rah. Verre. Ah. On verra-h. Si. S-i.[49] 그녀는 듣는다,[50] 우리는 볼 것이다. 만약 그런 것인가를 우리가 꼭 봐야 한다면, 정말 그런 것인가를. 우리는 기다릴 것이다. 보기 위하여, 기다려야 하고, 기다리고 그리고 볼 것이다. 그런가를. 두 번째로. 또 다른 중복되는 시간에. 너무 빠르다. 당신의 속도를 늦추라. 제발. 천천히, 훨씬 더 천천히. 내가 따라갈 수 있도록. Doucement. Lentement.[51] 부드럽게 그리고 천천히. 두 번째로. 또 다른 때에. 두 번. 함께. 두 곱. 다시. 또다시. 따로따로. 함께. 다른 장소. 같은 시간. 같은 날. 같은 해. 몇 시간의 지연. 밤과 낮으로. 같은 시각에. 그 시간에 맞추어. 두 번. 같은 시각에. 동시. 모두 같은 시간. 그 당시에. 제 시간에. 언제나. 그 시간.

하고, 섬세하고, 공간 자체를 은은히 강조하고 있다, 공간을 채우고 있는 물체들보다는.

오히려 그 공간, 그 자체가 강조되어 있다. 그녀의 동작은 카메라의 움직임으로, 그녀의 속도, 그녀의 시간, 그녀의 리듬에 의해 이미 잘린다. 당신은 방문객과 똑같은 거리를 두고, 똑같은 경외감을 가지고, 똑같은 침묵을 지키며, 똑같은 기대를 가지고 움직인다. 그녀의 목욕물 위에 잠시도 가만히 있지 않는 불빛 위에 잠시 정지했다가, 방에서 방으로, 한결같이 비어 있고 열린 공간을 천천히 움직인다. 그녀의 드레스가 방문에 걸려 있는데, 헝겊은 아주 연한 색깔 배경에 약간의 색깔로 얼룩진 풍경화의 표면을 드러낸다. 그녀의 초상은 스틸 사진이나 그림으로 나타나지 않는다. 당신은 계속 그녀를 실제로 보거나, 그녀를 실제로 본 적이 없이 계속 그녀를 본다. 당신은 아직도 그녀를 보지 않는다. 지금 순간에는, 그녀의 자취만을 볼 뿐이다.

"아기 예수와 성안聖顔의 수녀 테레즈[52]의 결혼식에 초대하는 편지.

전능하신 하느님, 천지의 창조자, 우주의 통치자, 영광의 동정녀 마리아, 천상 왕궁의 여왕께서는 그들의 존귀한 독자, 예수, 왕 중의 왕, 주님 중의 주님과 성스러운 유년과 수난기의 주님 왕국의 공주요 왕비이며, 왕국으로부터 아기 예수와 성안의 수녀라는 고귀한 칭호를 부여받고, 자신의 신성한 배우자로부터 혼인 지참금을 내려받은 소녀 테레즈 마르탱과의 결혼을 만천하에 선포합니다.

고통과 굴종의 영역을 주관하는 소유주이자 주인인 루이 마르탱 씨, 그리고 천상 왕궁의 공주이며 안주인이신 마르탱 부인은 그들의 딸 테레즈와 천국의 여왕 마리아의 성령으로 잉태된 아들이시며, 경배

그때까지. 타인들이 그녀의 이야기를 전한다. 그녀는 그녀에게 충실하지 않은 남편과 결혼하고 있다. 아무런 이유도 주어지지 않는다. 그가 남자라는 것 외에는 아무런 이유가 필요치 않다. 그것은 당연한 것이다.

그는 남편이고, 그녀는 아내다. 그는 남자다. 그녀는 아내다. 그것은 당연한 것이다. 그는 남자로서 그렇게 행동한다. 그녀는 여자이니까, 아내로서 그렇게 행동한다. 남편과 아내 사이에는 거리가 놓여 있는데 그 거리는 천국과 지옥의 거리다. 남편이 보인다. 그녀의 이름을 외치며, 그녀의 이름을 부르며 집으로 들어온다. 그가 그녀를 부르며 방으로 들어올 때 당신은 처음으로 그녀를 발견한다. 당신은 그가 그녀에게 모욕을 주고 창피를 주는 것만을 듣는다. 그녀는 그의 옆에 무릎을 꿇고, 그에게 옷을 입혀준다. 그녀는 자기 위치로 간다. 당연한 것이다. 그날은 그녀 아버지의 장례 전날 밤, 그녀는 애도에 빠져 있다.

로운 삼위일체의 제이인자, 하느님의 말씀이신 예수와의 결혼식에 당신이 참석하기를 원합니다. 성령의 인함으로 인간으로 태어나시고 천국의 여왕 마리아의 아들이 되신 예수.

1890년 9월 8일 가르멜 산에서 거행된 혼배의 축복에는 초청할 수 없었지만(천상의 왕족만이 입장되었음) 혼례에서 돌아오는 날, 내일, 영생의 날, 하느님의 아들, 예수께서 산 자와 죽은 자를 심판하기 위해, 하늘의 구름을 타고 하느님의 영광 가운데 재림하실 그날에 참석하시기를 청합니다.

그 시각은 아직 불확실하지만, 당신은 초청받았으니 준비를 갖추고 지켜보도록 하십시오."

그녀의 그 남자와의 결혼, 그녀의 남편. 그녀의 그 남자를 위한 사랑, 그녀의 남편, 그에 대한 그녀의 의무, 그녀의 남편.

아직도 남편에 대한 아내의 견습공 역할. 그는 방을 나간다. 그녀는 방바닥에 주저앉고, 당신의 시선은 나무껍질로부터 물이 돌우물 안으로 뚝뚝 떨어지는 정원으로 향한다. 당신은 그녀가 우는 것을 보아야 할 필요가 없다.

그녀는 천천히 움직인다. 그녀의 동작은 점차로, 무디고, 여자인, 그녀, 아내인 그녀의 내면으로부터 퍼져나가고, 그녀의 발걸음은 무겁게 땅에 떨어진다. 그녀가 문을 닫자 곧 정적이 뒤따른다. 그녀는 대기를 방해해서는 안 된다. 그녀가 앉을 듯한 공간, 그녀가 앉는다면. 그녀는 잠시 멈춤들 속에서 움직인다. 그녀는 공간을 양보하고 그녀의 언어에 있어서도, 동일하다. 말이 거의 없다. 거의 전혀. 말을 할 때는 천천히 한다. 그녀의 눈물 그녀의 말.

　그녀는 천천히 계단을 오른다. 그녀가 오르는 동안 호수는 새벽의 호수로부터 대낮의 호수 황혼의 호수 달빛 아래의 호수로 변한다. 호수 위로 지나가는 시간. 그녀가 계단을 오르는 데 걸리는 시간.

"나는 아직도 왜 이탈리아에서는 여자들이 그렇게 쉽게 파문당하는지 잘 이해할 수 없어. 왜냐하면 누군가가 늘: '여기 들어가지 마라! 저기 들어가지 마라! 너는 파문당할 것이다!'라고 말하니까. 아, 가엾은 여인들, 그들은 얼마나 많은 오해를 받고 있는가! 그럼에도 불구하고, 사실 여성들은 우리 주님의 수난기 중에 제자들보다도 더 많은 용기를 가지고, 병정들의 모욕을 기꺼이 감수하면서, 경배하는 예수의 얼굴을 과감히 닦아주었고, 아직도 남자들보다 훨씬 더 많은 수의 여성들이 하느님을 사랑하고 있지 않은가. 하느님은 이 땅에서의 오해를 그들의 숙명으로 허락했다. 그 자신을 위하여 스스로 선택했다. 그러나 하늘에서는, 그의 생각이 곧 남자들의 생각은 아니라는 것을 보여줄 것이다. 그때에는 맨 마지막이 제일 먼저가 될 테니까."

그녀를 보자마자 당신은 그녀의 삶이 어떤 것이었는지 알게 된다. 어떤 것이었을지 당신은 알게 된다. 당신은 비스듬히 눕고, 당신은 깜박 졸고, 당신은 넘어지고, 당신은 전에 본 적이 있는 것들을 다시 눈앞에 본다. 당신이 알지도 못하는 사이에, 반복된다. 거기 서 있는 사람은 바로 당신이다. 여름날 밖에서 기다리는 사람은 당신이다. 기다리고, 기다릴 줄 아는 그 사람은 바로 당신이다. 어떻게. 기다리는지. 당신을 뒤따르는 남자로부터 몇 걸음 앞서 걷는 사람은 당신이다. 소나무 사이, 언덕들 사이, 꼭 세 걸음 그녀의 뒤를 말없이 걷는 사람은 당신이다. 그것은 침묵 속의 당신이다. 발설되지 않고 들리지 않는 것을 둘러싸고 있는 그의 침묵, 침묵을 익히는 수련공이다. 오랫동안 지켜왔고. 끝나지 않는다. 즉시도 아니다. 곧도 아니다. 계속된다. 함축된다. 침묵. 말 없 음.

밤중에 늦게 음악 속에서 그것을 들을 줄 아는 사람은 당신이다. 그때는 그것이 당신이 된다. 당신은 그녀가 어린 소녀였을 때 학교를 데리고 다니던 입주 학생, 그 남자, 그 동반자. 그녀가 잠든 동안 그 남자의 그녀를 위한 음악을 듣는 사람은 당신이다. 그의 뒤에 앉아 달을 쳐다보며 구름을, 호수가 반짝이는 것을 보는 것은 당신이다. 당신은 그녀다, 그녀는 당신을 말한다, 당신은 그녀를 말한다, 그녀는 말하지 못한다. 그녀는 그가 연주하고 있는 피아노 곁으로 간다. 그도 말하지 못한다는 것을 당신은 안다. 침묵. 텅 빈 침묵. 말한 후의 공허. 각 어구의. 각 낱말의. 모두 다만. 구두점, 멈춤들. 각 어구를 말한 다음의 텅 빔, 공허. 각 낱말의. 모두 다만. 구두점들. 멈춤들.

그들은 터치하지 않는다. 그것은 그런 것이 아니다. 터치하는 것은 그 공간을 아주 쉽게 터치의 공간으로 만든다. 화면 전체. 시퀀스[55]들을 움직이게 하기 위하여. 클로즈업 상태에서. 반응을 조작하기 위하여.

그렇게 빨리. 매우 즉각적으로. 목적을 충분히 뚜렷하게 하기 위해서. 터치. 공간의 침묵을 무효화, 공간의 내적 거주를 무효화하기 위하여. 이것은 아니다. 그것은 그런 것이 아니다.

그는 피아노로 친다, 자신이 작곡한 곡을 마치 고대의 현악기로 연주하듯이. 추상적이지만, 당신에게 익숙하다. 오래되고 익숙한. 당신은 이것을 전에 본 적이 있다고 생각한다. 다른 곳에서. 게르트루드[54]에서. 그것은 그녀이다, 피아노 위에 양 팔꿈치를 괴고 있는. 그것은 당신이다, 하얀 안개 속에, 하얀 기억의 층층 속에 매달려 있는 그녀를 바라보고 있는 것은 당신이다. 망각의 층층 속에, 안개의 농도는 점점 증가하고, 불투명한 빛이 그것, 기억의 대상을 없어지도록 희미하게 만든다. 당신은 창문을 통해 들여다본다. 어디에선가 음악이 화면 전체를 가득 채우며 깨뜨린다. 다른. 다른 어느 곳으로부터.

　당신은 그것이 어떠했는지 안다. 똑같다. 그녀에게도. 그녀도 같은 일을 할 것이다. 그녀의 숨결에 슬픔이 커지면, 그녀는 아무 목표 없이 피아노 앞에 앉을 것이다. 그녀는 각 음표 앞에 멈추어 음악이 그녀를 끌어들이고 그녀가 조용히 순종할 때까지 머무를 것이다.

　당신은 다른 방에 있어도 그녀가 피아노를 치기 시작했다는 것을 안다. 당신은 방 안으로 걸어 들어가, 그녀 뒤에 앉는다. 당신은 그 음악을 알았다, 어떤 것들인지, 알고 있었다.

어머니 당신은 아이를 등에서 가슴으로 옮겨 아이에게 당신의 젖가
슴을 내줍니다 당신 아이의 굶주림은 곧 당신 자신의 굶주림, 아이는
그녀의 양식과 함께 당신의 아픔을 가져갑니다

어머니 당신은 남편을 등에서 가슴으로 옮겨 남편에게 당신의 젖가
슴을 내줍니다 당신 남편의 굶주림은 곧 당신 자신의 굶주림, 남편은
그의 양식과 함께 당신의 아픔을 가져갑니다

그녀는 당신에게 노래를 부르고 싶으냐고 묻는다, 긴 벤치에 앉아 있는 그녀의 옆으로 옮겨 가서 그녀가 당신을 위해 피아노를 칠 때 당신은 그녀를 위해 노래를 부른다.

아마도 그녀는 그를 사랑했던 것 같다. 그녀의 남편을. 아마도 결국 그녀는 그를 사랑했을 것이다. 아마도 처음부터 이렇지는 않았을 것이다. 처음에는 달랐다. 그 모든 것에도 불구하고 그를 사랑했을 것이다. 그녀가 그의 아내가 되도록 타의에 의해 선택되었음에도 불구하고 모르는 사람. 그녀에게는 낯선 사람이었다. 그녀가 시집가야 했던 사람은. 그녀에게 결정되어 있었다. 이제 그녀는 그에게 속하게[55] 되는 것이다. 아마도 그녀는 그를 사랑하도록 배웠는지도 모른다. 아마도 그것은 전혀 문제가 되지 않았을지도 모른다. 그것은 기정사실이었다. 그녀는 그가 주는 것은 무엇이든 받았다. 그가 그녀에게 주는 것은 얼마 없었으니까. 어떻게 된 것인지 어떻게 되어야 하는 것인지에 대하여 아무런 예비 지식도 없이 그녀는 무조건 받고 또 받았다.

"나는 다만 어린아이일 뿐입니다. 힘없고 약한, 그럼에도 나의 나약함이 곧 나 자신을 **당신 사랑의 희생양**으로 바칠 수 있는 용기를 줍니다. **오, 주님!** 과거에는, 순수하고 오점 없는 희생양만이 강하고 힘있는 하느님에게 받아들여졌습니다. 신의 **정의**를 만족시키기 위해서, 완벽한 희생양이 필요했지만, **사랑의 법**은 공포의 법으로 계승되었고 사랑은 나를 희생물로 선택하였습니다. 나, 약하고 불완전한 창조물. 이 선택은 **사랑**을 받을 만한 것 아닙니까? 그렇습니다, 사랑이 더 완벽하게 충족되기 위해서는, 그 사랑 자체를 낮추고, 그 자체를 무無까지로 낮추어 이 무를 **불**로 변화시켜야 합니다.

오 예수님, 나는 압니다. 사랑은 오직 사랑으로만 갚아진다는 것을, 그래서 나는 당신에게 사랑을 사랑으로 갚음으로써 나의 가슴을 위로할 길을 찾았습니다."

그녀에게 주어진 것은 얼마 없었다. 아내이니까. 그런 거다. 그래왔다. 여자이니까. 질문하지 말라. 주어진 것 외에는 전혀 기대하지 말라. 주어진 것 외에는. 그녀는 그의 아내, 그의 소유물이었고, 아무것도 거절할 수 없는 그, 그녀의 남편, 그 남자에게 속해 있었다. 아마도 그랬을 것이다. 그때는 그랬을 것이다. 아마 지금도.

건드리는 사람은 남편이다. 남편으로서가 아니다. 그는 어느 다른 사람을 건드리듯이 그녀를 건드린다. 그러나 그는 자기의 계급으로 건드린다. 자신의 계급의식을 가지고, 자신의 계급적 명분을 가지고. 그녀의 육체와 정신은 무상無償으로 주어진다. 그녀의 육체 아닌 육체와 무존재. 그의 특권 소유물 그의 소유권. 절대로 오류가 없는 그의 소유권. 사람들은 그녀가 그를 거부하는 것에 대해 조롱으로 비웃었지만, 그녀는 자기 자신이 스스로 의지를 소유하고 있는 존재인 듯이 과감하게 자신을 명명한다. 그녀 자신의 의지.

하루 아침. 그 이튿날 아침. 아무래도 상관없다. 수많은 아침이 이렇게 지나갔다. 그러나 이날은. 특별히. 하얀 안개가 곳곳에서 일고, 계속 모이고 흩어지고 한다. 이런 방식으로 화면을 가득 채운다.

이미 예전에 접혔던 곳으로부터 주름이 남아 있어 영구한 자국을 남긴다. 이 헝겊은 언젠가 한 번 이불을 만들려는 생각이 있었겠지만, 지금은 언제인지 모를 미래로 방치되어 있다. 목적이 없어졌으니 그녀는 그녀는 잊는다. 그녀는 잊으려고 노력한다. 지금 이 순간. 지금 이 순간들만큼은.

그녀는 헝겊을 다시 편다. 하얀색이다. 베이지색 중 가장 하얀색. 그 하얀색 위에 연한 색깔로 봉황이 아래 위에서 서로 얼굴을 맞대고 있는 윤곽이 희미하게 나타난다. 하얀색 속으로 사라지면서.

헝겊을 펼쳐서 마치 습관적으로 하듯이 다시 펼쳐놓는다. 그녀는 이 행동의 기억하지 못하는 한 부분이 빠진 모양, 막연한 불안감을 가지고 다시 한번 바라본다.

속으로 그녀는 쓰라리다. 갑자기. 정신이 번쩍 든다. 움직인다. 순전히 움직이기 위해서. 그녀의 육신. 그녀는 자신 속에 살고 있는 의지를 더 이상 포기하지 않는다. 온전히. 그녀는 옷을 갈아입고, 바닥에 옷을 흘리고, 옷이 바닥에 떨어질 때, 그녀는 떠났다.

  그녀는 이제 움직인다. 빨리. 그녀가 장면을 막 떠난 후, 떠나자마자, 당신은 그녀의 발걸음을 추적한다. 그녀는 빈자리를 남긴다. 당신은 그녀를 따라간다. 안개 속으로. 가까이. 그녀는 거기에 묻혀 있다. 당신은 그녀를 잃는다. 그녀의 이름이 당신에게 떠오른다. 문득. 눈틀. 안개가 그녀를 둘러싸고 그 속에서 그녀가 나타난다. 멀리. 언덕 꼭대기에. 당신은 거기에서 그녀를 여러 번 보았다. 그녀가 자주 찾았던 호수. 그녀의 발길 뒤편에 있는 호수. 웨이터가 나와서 그녀를 반기며 오늘 아침은 무척 이른 시간이라고 하자 그녀는 호수를 보러 왔다고 말하고 그는 차를 가져오겠다고 한다. 모든 것은 위로부터 보인다. 아주 먼 거리의 위로부터. 끊임없는 움직임으로 이리저리 몰리는 거대한 안개 속에 두 사람의 형체. 당신은 웨이터를 따라 안으로 들어가게 되고, 그가 차를 준비하는 동안 그와 함께 기다리게 되고, 당신이 그와 함께 돌아왔을 때, 그녀는 가고 없다. 하얀 식탁과 두 개의 하얀 의자 하얀 상의를 입은 웨이터, 안개는 점점 두텁게 피어오른다. 아주 멀다. 위로부터. 다시 위로부터 웨이터는 커다란 흰색 모퉁이 안에서 앞뒤로 뛰어다니며 그녀의 이름을 부른다. 거의 안 보인다. 모퉁이들.

"**순수한 사랑**의 가장 작은 행위가 그녀에게는 다른 모든 일을 다 합한 것보다 더 가치가 있다."

"순교는 나의 청소년기의 꿈이었으며 이 꿈은 가르멜 수녀원 안에서 나와 함께 성장해왔습니다. 그러나 다시 여기서, 나의 꿈이 어리석음을 깨닫게 됩니다. 왜냐하면 나는 단 한 가지의 순교만을 원하도록 나 자신을 제한시킬 수는 없기 때문입니다. 나 자신을 만족시키기 위해서는 모든 것이 필요합니다. 나의 사랑스러운 배우자여. 당신처럼 십자가에 못 박혀 수난을 당했으면 좋겠습니다. 성 바돌로메처럼 살가죽이 벗겨져 죽었으면 좋겠습니다. 성 요한처럼 끓는 기름가마에 던져졌으면 좋겠습니다. 순교자들에게 가해진 모든 고문을 받는다면 좋겠습니다. 성녀 아그네스와 성녀 세실리아처럼 칼 앞에 내 목을 내놓고, 나의 사랑하는 자매 잔 다르크처럼 화형대 위에서, 당신의 이름을 속삭였으면 좋겠습니다. **오 예수님**."

눈이 내리고 있었다. 그동안 주욱.

간간이. 휴식. 잠시 멈춤.

눈이 내렸다. 그 이름. 그 용어. 그 명사.

눈이 내렸었다. 그 동사. 그 서술어. 그 무엇의 행위.

떨어졌다.

칠흑 같은 밤에 더욱 빛을 발하는 물질.

안으로 더욱 빛나. 더욱. 너무도 그래서 눈에 들어가면

눈을 감긴다

그 사이. 잠깐.

밀폐된 어둠 속에서 기억은 달아난다.

하얀색의. 증기는 눈꺼에 자신을 제공한다

무중력 속에서 천천히 그것은 오랜 시간이 걸린다 오랜

세월 시간을 앞서간다 홀로 스스로의 시간에 그것을 선포한다

그동안. 새하얀 세상 속에서

구별되지 않는 그녀의 육신은 변함없고 상치됨 없이

마찬가지로 언제나 조화로운 그녀의 육체는 계속

분해되고 침식되어 당신의 육체가 된다.

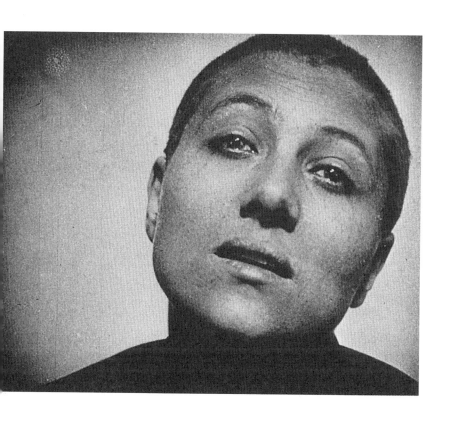

엘리테레   서정시

죽은 시간. 텅 빈 눌림이 매장된다 다시 소생하기에는 박약하고 기억에는 저항한다. 기다린다. *Apel. Apellation.*[56] 발굴. *diseuse* [57]로 하여금 하게 하라. *Diseuse de bonne aventure.*[58] 그녀로 하여금 불러내도록 하라. 그녀로 하여금 오래 오래 다시 또다시 내려지는 저주를 깨뜨리도록 하라. 그녀의 목소리로, 땅바닥을 꿰뚫고, 타르타로스의 벽을 뚫고 우묵한 그릇의 표면을 빙빙 돌며 긁어내게 하라. 밖으로부터 소리가 들어가게 하라. 그릇의 텅 빔 그것의 잠들어 있음에. 그때까지.

ALLER / RETOUR[59]

낮[60]이 어둠으로 물러간다
밤의 베일을 통하여 본 낮
낮빛과 어둠 사이에 드리워진 투명한 회색의 막이
하늘을 연보라색으로 녹이고
어두운 보라색으로 다시 흰색으로 밤이 뒤덮일 때까지.
나지막한 웅얼거림 하나
어둠과 밤 사이에
각 방으로 헤어지는 그들의 돌아옴을 중지시키지 않는다
그림자가 떠오르고   다시 동등하게 희미해지는 동안
버려진 방들에 걸려 있는 비밀
헤어지는 이들에겐 알려지지 않은 비밀의 전달
낮은 어둠으로 물러간다
불빛을 없애라   소리를 멀리로 다시 옮겨라.[61] 더욱더 멀리.
부재不在가 가득하다. 부재가 빛이 난다. 그릇들. 놓아둔 그대로.
과일도 그대로. 유리잔의 물 구슬이 잔의 가장자리로 떠오르는.
침묵의 부동不動 속에서 황홀하게 빛을 발한다.
밤이 낮을 다시   베일[62]로 씌울 때.

Qu'est ce qu'on a vu

Cette vue qu'est ce qu'on a vu

enfin. Vu E. Cette vue. Qu'est ce que c'est enfin.

Enfin. Vu. Tout vu, finalement. Encore.

Immediat. Vu, tout. Tout ce temps.[63]

반복에 반복. 다시 또다시.

Vu et vidé. Vidé de vue.

Dedans dehors. Comme si c'était jamais.

Comme si c'est vu pour la première fois.

C'était. C'était le passé.

On est deçu. On était deçu la vue

du dehors du dedans vitrail. Opaque. Ne reflète

jamais. Conséquemment

en suivant la vue absente[64]

나타나기를 그쳐버렸던

이미 그렇게 된

그래왔던

그렇게 되어왔던, 전혀 한 번도

기억해야 한다는 것을 스스로 생각조차 해본 일 없이.

한 전망을 지탱하고 있다. 그 자신

에 대해서. 그것의 결여된 전망에 대하여

아무런 지식 없이

그 자신에게 되풀이되어 일어나는 전망.

그의 다른 쪽. 꼭 있었을 것이다. 그럴 것이다.

한쪽이 있었음에 틀림없다. 그것 밖에도

사람들이 본

이 전망 사람들은 무엇을 본 것인가.

마침내. 전망. 이 전망. 그것은 결국 무엇인가.

마침내. 보인. 모두. 보인. 마침내. 다시.

즉각적이다. 보인. 모두. 언제나.

반복에 반복. 다시 또다시.

보이고 비워진. 전망의 비움.

안쪽 바깥쪽. 마치 결코 없었던 것처럼.

마치 처음으로 보인 것처럼.

그것은 그랬다. 그것은 과거였다.

사람은 속는다. 사람은 속았다

색유리창 밖과 안의 광경에. 불투명하다. 전혀 반사하지

않는다. 결과적으로

더 이상 나타나기를 그친

존재하지 않는 전망을 추구하며

이미 그것은 과거였고

과거였다.

결코 단 한 번도… 없이

그것. 모든 것 제쳐놓고. 그때부터.

한 점 한 점. 최신이고. 최신식으로 개정된.

그 전망.

언제나처럼 부재하다. 숨겨져 있다. 금지되어 있다.

그 전망의 어느 편도.

한편 위에 한편. 안을 표시하는 것과

바깥쪽을,

안. 밖.

유리. 방장房帳. 레이스. 커튼. 블라인드. 얇은 거즈.

베일. Voile. Voile de mariée. Voile de religieuse[65]

창가리개 피신처 방패 그림자 안개 숨겨진

막. 망사문. 철문, 연막.

은닉. 눈에 빛을 가리기 위한 차양. 안대. 불투명한 비단

거즈 걸러내다 서리 비워내고 물기를 걸러내고 공기를 배출하고

내장을 빼내고, 스테인드글라스 유약을 연소시켜

유리가 되게 하는.

사람들은 무엇을 보았는가. 이 광경에서

속에 들어 있는 그래서

베일 뒤에 있는, 비밀의 베일 뒤에. 장미 밑에

ala derobee[66] 베일을 넘어

호흡의 웅얼거림 아래 가려진 음성 voce velata[67]

벙어리가 되게 하라 말문을 꽉 막히게 하라 무성으로 혀 없음으로

ALLER[68]

버리라. 모든 기억을. …에 대한.

기억이 떠오를 수 있기도 전에.

기억이 스스로 솟아오르기 전에. 그리도, 쉽사리. 잊혀버린,

무엇과의 연상으로조차,

스쳐 지나가는 서명으로조차. 뿌리째 뽑으라, 그들이

상기시킬 수도 있는 그 가능한 애매함 자체를.

색깔이 희미하게 당신의 시력에 먼지를 뿌린다.

그것들을 지워버리라.

그것들을 다시 하얗게 만들라. 당신이 먼지를 다시 뿌리라.[69]

당신은 희미해진다.

그것들이 색깔이 되기 시작하기도 전에

투명하게 될 때까지

그들은 하얀색으로 사라지고

다른 색깔의 인상을 줄지도 모를

흰색. 한 그림자.

그림자 속으로 약간 스치라 그리고 돌아오라 새로운

모습으로 더 깊은 그림자 속으로 다시 들어가

그 형판 안에서 가득해지라.

여분의 공기를 내보내고, 모양과 형판 사이의

공간을 내보내라.

이젠 형태가 없고, 형판도 더 이상 없다.

어떤 전망, 어떤 낱말, 어떤 부분

어떤 다른 것과 비슷한 부분

위장한다

안 보는 것처럼 그 부분을 안 본 것처럼.
그 부분 너무나 명백한 단지 그 부분이 그 모두였고
그것이 맨 처음 보인 것이었지만 아니었던 것처럼
위장한다. 전혀 아무것도 아닌 것처럼.
그것은 비슷한 것 같았지만 아니었다.

다음 줄을 시작하라.
그랬을지도 모른다. 그것을 보기를 원했다
그랬을지도 모른다. 그것을 보았기를 원했다
그것이 일어나기를. 그 이전에 그것이 일어나기를. 그 모두.
기대도 하지 않았는데 갑자기 거기에
모든 것이 끝났다. 각 부분. 모든 부분. 한 번에 하나씩
하나씩 하나씩 단 하나도 빠짐없이. 아무것도.
아무것도 잊지 않고
아무것도 빼놓지 않고.
그러나 위장한다
다음 줄로 가서
모두 다시 부활시키라.
조금씩 조금씩, 한 단계 한 단계를 재건하며
걸음을 옮긴다
한계 내에서,
절대 밀폐된 속에 갇히어
꼭 꼭, 까맣게, 샐 틈 없이.
그 한계 내에서,
부활시키라, 가능한
한도 내에서, 담을 수 있을 만큼

가능한 한 담을 수 있을 만큼.
그것의 한 조각
조각 조각으로
조각난
연속, 서술적 이야기, 변형
허위에 대한
타액을 분비하는 말들
타액은 말들을 분비한다
말들의 분비는 액체로 흐르고
말들을 침 흘리게 한다
빛을 발하라. 연료를 대라. 불붙으라.
희미하게, 처음엔 희미하게
그다음 조금 더 증가시키라
볼륨을 그다음 조금 더
잡으라 더 이상 받아들이지 말라, 닫아
버리라. 한계까지 너무 늦기 전에
너무 이르기 전에
앗아가기 전에.

오랫동안 그 어떤 배종胚種. 줄곧 새로이,
뿌리의 돋아나는 터럭. 어떤 것은
단 하나로 시작된다.
말하라, 그렇다고 말하라.
그러면 그것이 말이 될 것이다. 그것으로 하여금 말을 하도록 유
인하라
그것을 택하도록

택한다.

타액을 분비하는 말들
타액은 말들을 분비한다
말들의 분비는 액체형으로 흐르고
말들을 분비한다.

　죽은 신들. 망각된. 없어져버린. 과거
　노출된 층의 먼지를 털어내고
　깊은
　그 밑의 우물을 드러내라. 죽은 시간. 죽은 신들. 침전.
　돌이 된 것. *diseuse*인 사람으로 하여금
　먼지를 털고 우물의 거리距離를 호흡으로 불어 없애도록 하라.
　*diseuse*인 그녀로 하여금 돌 위에 9일 낮과 9일 밤을 앉아 있도록
　하라.[70] 그럼으로써. 다시 일어서게 하라. 엘레우시스.[71]

RETOUR[72]

칸막이는 어떤가. 고운 샌드페이퍼로 닦은 벨벳 같은 나무와 틀 사이에 창백한 종이 한 장. 썩은 것같이 보이는 부동不動의 물로부터 손으로 계속 담갔다가 건져낸. 두 손과 두 손의 흔들리는 동작에 의해 들어가 앞뒤로 흔들리고 백 번의 쏠림에 의해 얇은 막의 층이 생긴다.

칸막이가 서 있다 그것을 비추는 빛을 흡수하고 그것을 걸러 들이며. 그 빛에 잡히면 당신은 비추일 것이다. 안에. 시각에 따라. 하루 중의. 그 안에서 어둠이 빛난다. 황혼이 오면 더욱더. 단 하나의 공기가 그 안에서 깨어진다. 이 순간으로부터 그들 자신을 현재라고 부르는 상세함을 가져간다. 남아 있던 바로 그 기억에 관한 모든 연관을 다 떨구어낸다. 기억의 얼룩이 달라붙어 창백하고 형체 없는 종잇장을 진하게 만든다, 하나의 구멍이 점점 커져 그 구멍이 경계와 동화되고 그 자체가 무형체가 될 때까지. 모든 기억. 전체 모두를 점령한다.

더욱더 멀리 안으로 갈수록, 부재의 확실함. 모든 다른 곳 그 밖에. 그 나뉘기 전의 사건들의 연속. 떼어놓기. 현재의 모호화, 지워버림의 명세할 수 없는 짧은 몇 분 동안의 한 방법. 양보하고 완전히 양보하여 포기하기 위하여, 그 포기의 깊이조차 깨닫지 못하며.

당신은 읽고 당신은 입으로 읊조린다. 당신의 반대편에 새로운 상태로, 그전의 것으로부터 달라진 변형된 물체를. 그 막은 빛을 흡수하고 걸러내고 계속 어둡게 만든다. 바로 눈앞에서 일어나는 분

명한 변형에 아무런 항거도 하지 않으며, 흰색은 변한다. 투명함
으로. 무관해진다.

말이 구술되어야 한다면, 칸막이 뒤로부터일 것이다. 설명할 수 없
는 것은 거리距離, 이 현 순간으로부터 운송해야 할 시간일 것이다.

말이 소리 나야 한다면, 칸막이를 통해 아주 가벼운 방식으로 반
대편에 자국을 내라 반대편 서명 반대편 청문聽聞 반대편 연설 반
대편 장악.

순백함의 이후로는 언제나.
그것은 자신을 지키고 있다, 하얗게,
능가할 수 없는, 색깔의 부재, 절대적, 지극히
순수하다, 이를 수 없도록 순수하다.
만약 그 자체의 하얀 그림자-수의壽衣 안에서, 모든 얼룩이
사라진다면, 드리웠던 모든 과거 모든 기억이
떠난다면, 이 말들의
사면赦免과 힘을 통하여.
덮어씌우고. 장막처럼 두르고. 옷을 입히고. 자루집에 넣고. 수의
를 입혀.
덧씌우고. 덧입히고. 막을 치고.
숨긴다. 급습한다.
변장. 은닉. 가면. 베일
불분명. 모호. 가리개. 침식. 은밀.

죽은 낱말들. 죽은 언어. 사용하지 않음으로 해서. 시간의 기억 속에 묻혀버림. 고용되지 않았다. 발설되지 않았다. 역사. 과거. 말하는 여자, 9일 낮과 9일 밤을 기다리는 어머니를 찾아내도록 하라. 기억을 회생시키라. 말하는 여자, 딸로 하여금 땅 밑으로부터 나타날 때마다 샘을 회생시키도록 하라.

잉크가 다 말라 없어지기 전에, 쓰기를 마침내 더 이상 할 수 없게 되기 전에 가장 진하게 흐른다.

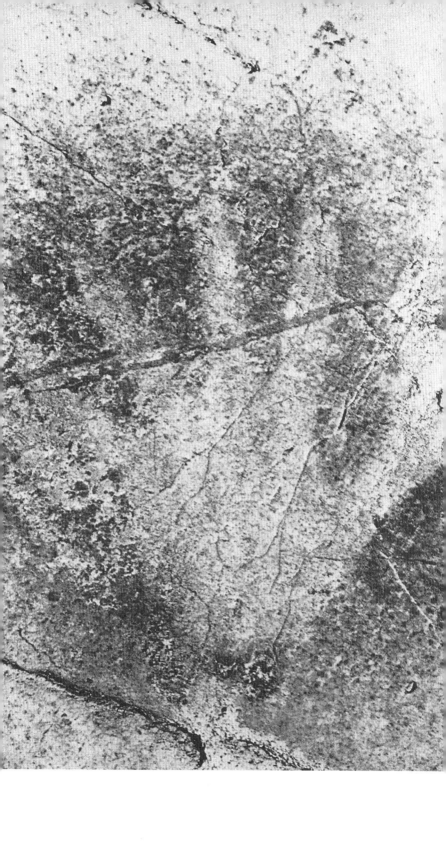

탈리아 희극

그녀는 전화를 받기로 결정한다. 즉시 받는다. 그녀의 음성은 마치 이 수화기를 처음 들어보는 것 같다. 그 말들에 바로 그 소리들을 운송해주는 이 낯선 기구. 바로 그 낱말들.

전화가 왔음이 알려졌을 때부터 수화기를 집어 드는 순간까지 그녀는 생각하지 않는다. 그녀가 울리는 소리를 듣자 통화가 알려온다. 그녀는 그것에로 걸어가, 그것을 집어 들지만 생각할 시간은 갖지 못했다. 모든 것은 준비되었었다. 모든 것은 미리 예행되었다. 멈추는 장소까지, 그녀의 마음속에 거듭 또 거듭. 그녀가 네,라고 말하기 전에 처음에 잠깐 멈춤. 각 구절은 물리적인 충격에 따라서, 일단 발음된 주목할 만한 효과로부터 어떤 관사들의 강조에까지. 그다음에 따라오는 바로 그 물체들을 강조하기 위하여. 그 음성은 크레셴도에 이를 것이고, 잠깐 멈춤, 기침 또는 목이 막히는 듯 겨우 들릴 만한 속삭임으로 다시 시작한다. 거의 들리지 않게. 안 들리게. 전혀 들리지 않게. 신음으로 줄어, 웅얼거림, 스타카토로 숨을 들이쉬고, 그리고 마침내는, 엉엉 울음. 그녀는 더 이상 참을 수 없다. 그녀의 이층문을 통해 또 다른 문을 통해 둔하게 새어 나온다.

그녀가 그녀의 도착을 알리는 첫 번째 사람이다. 기대의 음성. 그녀는 그것이 상대방을 변신시키기를 원한다. 그 음성 하나로, 그 힘 그 간절한 청원 설명할 수 없는 어떤 힘으로. 소원所願함의. 간절한 기원. 그녀는 이 사람이 이전의 그 사람으로 다시 변신되기를 원한다, 그녀는 기도하고, 발명해낸다, 필요하다면.

요술 같은 변화가 없을 것이라는 것을 깨닫기에는 시간이 덜 걸렸다. 그것은 더 이상 문제가 되지 않았다. 그녀는 그것을 빨리 폐지해

버리고 싶었다, 그 공식, 그 의식儀式을. 과거를 닮은 그 형태와 그 피부를 아주 빨리. 어떤 과거이든. 이것과 함께, 이제 더 이상 예행이 없을 것이다. 더 이상 외우기도 없을 것이다.

끝이 보이지 않는다. 끝도 없고 만족할 만한 것도 아니다. 평정을 가져올 만한 것. 평정이 너무 큰 요구라면, 그럼, 위로라도. 고통 없고, 적어도 아무 감각이 없는. 고통이 기억으로 번역되는 것을 방지하기 위해서. 그녀는 매 순간, 날짜, 하루의 때, 날씨, 일어났던 일이나 앞으로 올 일에 대한 간단한 요점을 설계함으로써 매번 시작한다. 그녀는 매번 이런 정화로 시작한다 마치 이 행동이 뒤따를 서곡에서 자신을 해방시켜줄 것처럼. 그녀는 그녀의 감정과 동등한 낱말을 찾기 시작한다. 혹은 그것의 없음을. 동의어, 직유, 은유, 상투어, 부명副名, 유령어, 유령국가.[73] 그녀의 여로의 지도를 기록하는 데에.

연장된 여정, 수평적인 형태의, 개념상으로는. 그것으로부터의 일부분은 아무런 표시의 증거도 없이 잘리었고, 이제는 서문에 '연장'을 '여정' 앞에 덧붙이는 것에 응해야 하게 되었다.

미래가 없다, 다만 시간의 몰려옴이 있을 뿐. 설명할 수 없고, 공허하며, 무형의 시간, 그녀는 그것을 향해 움직이도록 기대될 뿐이다. 앞쪽으로. 앞으로. 그리고 어떻게든 현재를 지나쳐버린다. 망각의 은총으로 스스로를 구제하고 있는 그 현재. 그녀는 그것을 어떻게 정당화시킬 수 있었을까. 현재의 가시성이 없이.

그녀는 실제의 시간을 대치할 수 있다고 자신에게 말한다. 그녀는 자신에게 시간을 앞에 전시하고 그것을 엿보는 자가 된다고. 그녀는 죽음은 절대로 오지 않는다, 올 수 없다고 자신에게 말한다. 그녀는 죽음을 대치할 수 없다는 것을, 실제로 죽지 않고는 그것의 극복이 없다는 것을 잘 알면서도.

그녀는 글을 쓸 수만 있다면 계속 살 수 있다고 자신에게 말한다. 그치지 않고 계속 쓸 수만 있다면 하고 자신에게 말한다. 글을 씀으로써 실제의 시간을 폐기할 수 있다면 하고 자신에게 말한다. 그녀는 살 것이다. 그녀 앞에 그것을 전시해놓고 그것의 엿보는 자가 될 수 있다면.

로라 클랙스턴 부인께,

　　뉴욕주, 브루클린, 애슐랜드 플레이스 53번지

여사님께--

　　부인께서 리어던 씨에게 보내신 우편엽서의 부인의 서명을 보고 그와 같은 아파트에 살고 있는 사람으로서 리어던 씨는 지난 7월부터 여기에 더 이상 살고 있지 않음을 알려드려야겠다고 생각했습니다.

　　그에게서 마지막으로 들은 것은 그가 시카고에 있으며 카바레 일을 하고 있었는데 잠시 후에 병이 났다고 했습니다.

　　근래에는 그에게서 아무 소식이 없었으며 현재의 주소에 대해서도 알려드릴 수 없습니다. 또한 말씀드리고자 하는 것은 그의 어머니가 약 3개월 전에 하트퍼드로 이동하셨다고 합니다.

　　만약 그로부터 연락이 있을 경우, 여사님께서 원하신다면 기꺼이 알려드리겠습니다. 고로 여사님의 주소를 보관하고 있겠습니다.

　　저의 이 글을 받아주실 것을 믿고 회신을 주시기를 희망하며,

H. J. 스몰

메인 스트리트 173번지

기억

줄이 더 길 수도 있었다. 그 여인을 관찰하기에 충분하도록. 사람들은 그녀가 미쳤다고 할 수도 있다, 그녀의 눈은 한 번 저주받았거나 아니면 그 이상이라고. 그녀의 눈동자는 거대한 흰색 속에서 위로 떠오른다. 그녀의 눈은 한 번도 깜박거림 없이 그녀의 옆얼굴 다음에 있는 옆얼굴에 고정되어 있다. 어린아이보다 더 어리고, 어린아이보다도 더 힘없고 어린아이만큼의 긍지조차 없이, 그들은 어리석음의 진실을 말한다. 어리석음의 진실. 그녀의 손. 겨우. 그녀의 검지손가락. 그녀의 머리카락으로부터 입술까지 겨우 기어 내려온다. 추위에 튼 입술. 약간 벌어진. 한 검지손가락이 입술의 살갗을 만지고, 이제 그녀의 눈이 감기며 한숨을 쉬었을지도 신음을 했을지도 모른다 그녀는 그녀 손 위에 놓인 검지손가락을 잡아 주머니 속에 펜이 들어 있는 윗저고리 어깨 위에 겨우 손을 뻗친다. 그녀는 그녀의 손가락을 거기에 멈춘다, 겨우 입이 움직이고 그녀의 눈이 위로 들리며 그녀의 미소 그녀의 간청. 만약 그것이 간청이었다면 그녀는 그것을 몰랐을지도 모른다. 순진함의 어리석음. 높은 키가 그녀로부터 돌아서, 그녀에게 반대로 서서, 그녀에게 전혀 주의를 주지 않고, 산만해져서 그의 팔을 빼낸다. 그녀의 손길로부터 놓아주어야 한다, 그녀의 손은 노출된 그녀의 가슴에 매달린다. 여러 겹의 옷으로 보호되지 않은 가슴, 말할 수 없는 언어를 신음한다, 그녀는 어리석음을 울고, 그녀의 간청 공공장소에서 수치를 모르고 나를 소유하시오 나를 개방하시오 지금 나를 소유하시오. 그 어린아이. 어린아이만도 못한.

그녀는 문 앞에 서 있다. 이제 그녀는 밖의 문 입구에서 기다리도록 남아 있다, 그 남자는 사라지고, 그녀는 문을 어루만진다 문에 기대어, 그날에 등을 기대듯이, 그 어리석음에 등을 기대듯이.

둘째 기억

의복 아래로부터[74] 목면 팬티 스타킹

브래지어가 홀렁 벗겨져

점점 밖으로 겉옷까지

나타남과 피날레 전의 잇따른 날들

하얀색의 신부 셋이 연이어 각기

나타날 때마다 전보다 더 하얗고 더욱 하얗게 표시하며

단 하루의 시간 사이에 뛰어넘기를 기다리는 순결

신부로부터 아내가 되도록 한때 신부가 되기 위하여 기다리던 여인

단번에

분 바른 피부 향내에 향내 목욕

분 칠하기, 병에 든 향수의 여러 겹, 가르데니아

냄새 없는 글라디올러스 하얀 국화 하얀

향기들이 피를 흘릴 하얀 시트 위에

서로 얽힌 헝겊 하얀 열기 하얀 이슬 안개 보슬비

자신의 두꺼움 거품과 섞일 하얀 액체들이 물러난다

절정을 너무 오래 지속시키려는 끌어당김에 반하여

너무도 곧 뒤따라올 전락轉落에 대항하여 준비되었다.

부재하는 처녀성

봉헌된 처녀성. 이미. 다른 곳에서.

그것은 잊지 못할 일이 아닐 것이다. 그것은 가장

기억에 남을 것이다. 모든 것 가운데. 지나간 어떤 것으로부터

후에 뒤따를 그 어느 것까지. 그것은 이것 안에서

화해될 것이다.

156

절대 이르지 못할 것에 대한 보상:

자신의 태어남과 자신의 죽음에 대한 그녀 기억.

지렛대의 중간점에서. 자신의 일생 동안에 그 점으로부터는

플래시백들이 가능하고 그리고

예측.

한 번 그리고 단 한 번 일어나는 사건에 관한.

상상은 물체의 욕망을 품고 있다

무한한 répétition[75]까지 각 점에서

처음부터 중간까지 마지막까지.

그 욕망을 반복하여 예행한다, 준비로.

마지막 공연을 위하여.

이야기가 바꿔진다, 변주를 발견한다. 매번의 지킴은 또 하나의 지킴의 포로가 되고, 변주의 착각은 또 하나의 다른 후각 속에, 또 하나의 가림 속에, 변장되고, 포개어짐 속에 감추어져 있다. 벌거벗음 위에. 그전의 모두들의, 그리고 또 앞으로 다가올 모두들의 벌거벗음과 같이 평범하고 예사로운 벌거벗음. 태어남같이 죽음같이. 태어남과 달리, 죽음과 달리, 이것이 미래와 과거를 통하여 자신의 기억으로 되찾아졌을 때, 하나의 다른 결론을 전제한다.

Aug - 16 19

Laura Clayton

Dear madam I
will write in regard
to your sister she
is in an awful shap
she threatens
to kill her self and
her children and
husband has done
all they can possible
do and spend ever
sent to dr. her they
can get and they
are haveing a time
she is afraid of you
crazy no dr can
do her any good she
has been to them a
and none do any goo

t all but she wont
give up goes all the
time to them she
spends all the money
to dr. instead of to
get her something to
eat. and she is
afraid to eat. the Drs
say it will just
take time. all she
wants to do is ride
the roads and these
horses are all old and
wore out and very
near dead from hauling
her on the road
ll the money you send
me does help out they
re all broke and
ont know what to do

you write often to her
as your letters
cheer her up. She
has no fall hat
she said she would
get her something to
Eat with the you
sent her she likes
grape fruit & light
Bread that is about
all she will Eat

yours Truly

a Friend

기억

그것은 텅 빈 극장이다. 극장을 들어서며 느끼는 즉각적 친근감, 그 늘과 어둠 속에서 지나간 것들에 대한. 그것은 공연들의 사이이다. 느릿한 속도로 문이 열리고 닫히는 사이에 길거리로부터의 불빛이 은막 위에 잠시 반사된다. 어둠이 다시 시작되자 발걸음은 조심스럽 게 재어지고 은막, 은막의 넓이에, 그리고 깊이에 가까이 다가간다.

그녀는 여전하다. 앞에서부터 넷째 열 왼쪽으로부터 두 번째 같은 자리에 앉아 있다. 그녀의 위치와 꼼짝하지 않고 있는 것으로 보아 그전의 공연으로부터의 휴식 시간이 지나기를 기다리고 있는 것인 지 아니면 막 도착한 것인지 알아낼 수 없다. 그녀의 몸은 움직이지 않는다. 입은 전과 같이 약간 벌리고. 그녀의 시선은 특정한 물체나 방향 없이 앞을 보고 있다. 그녀는 같은 열에 있는 다른 사람의 존재 를 주목하지 않는다.

극장에서 둘째 날. 두 번째. 그녀는 그 전날과 같은 장소에 앉아 있다. 첫날과 같이. 그녀를 보려고 몸을 왼쪽으로 돌린다, 그녀는 혼 자다, 몸은 부동. 그녀의 손은 그녀의 소지품들과 함께 무릎 위에 마 주 잡고 있다. 그녀는 인공으로 모조된 밤의 고요한 매달림 속에서 떠돌고 있다 움직이지 않기도 하고 바람이 일면 동등하게 흔들리는 불꽃처럼. 그늘과 어둠 속에서 지나간 것들 속에 머물기라도 하듯 이 그녀의 눈은 먼 곳을 향해 뜨고 있었다.

그녀는 어떤 이야기의 특정한 진전을 따르는 것은 아니다 그러나 그녀의 육신 속에 창조된 무시간성에 다만 항복할 따름이다. (오래 된. 사라지기를 거부함. 죽기를 거부함, 이미 희미해진 영상. 그것의 부패와 절단은 부재를 더욱 자극적으로 만들며.) 그녀는 그녀 속에 유발된 효과를 위해 남아 있다, 기억 속에 동시에 그 반대의 망각 속에, 기억의 정지 속에 자신을 거듭 잃어버림에 충족되어. (하여간. 거듭 또 거듭. 다시. 그 시간 동안. 당분간.)

　의심의 여지 없이 그녀는 안다. 그녀는 줄곧 알고 있다. 그것이 얼마나 쉽게 믿어지지 않는 것인가를. 그녀에게. 그녀에게까지도. 의심의 여지 없이 그녀는 무슨 말을 해야 할 것인가를 안다. 줄곧. 비록. 쉽사리 믿기지 않더라도. 의심의 여지 없이 그것을 말한 것에 대한 불분명함은 후회에 가까웠고 만약 후에 줄곧 후회했다면 의심의 여지 없이 그것을 도로 반환해 오기를 원했을 것이다. 이제 그들은 그들 자신의 집단적 정체성을 아무 개인에게도 내어주지 않음으로써 그들의 책임을 보유하고 있다. 그들 자체 안에 들어 있는. 긁힘. 표식. 억제할 수 없는. 그녀는 그동안 알고 있었다. 그녀는 역사를 위해 명세하는 것이 아니라는 것을 자신에게 말하면서. 추모 속에 부활된 조작된 과거. 그녀는 자신이 말하는 것을 재-생시키기 위해 다시 말하는 것을 듣는다. 잊힌 사람들. 잊힌 사람들의 생존자가 되기 위해 잊힌 사람들을 초월하기 위해. 돌로부터. 층층들. 돌 위에 돌의, 그녀 자신도 층층의 돌 사이에 돌로, 잠들어 있다. 더 이상 아니다. 그녀는 시간을 그 자체에로 돌려놓겠다고 자신에게 말한다. 시간 그 자체에로. 시간 전의 시간으로. 그 최초의 죽음으로. 모든 죽음으로부터. 그 하나의 죽음으로. 하나 단 하나의 남아 있음. 그것으로부터 예고[76]가 일어난다. 재림.

천국 이전. 탄생 이전 그리고 그것의 이전. 천국은 그 지상至上의

통일성 안에 땅을 포함한다. 천국은 그 지상의 관대함 속에 그 자체 내에, 땅을 포함한다. 천국은 *(그 자체 안에)* 땅이 없이는 천국이 아니다.

두 번 다 텅 비워진다. 공동空洞. 그리고 발아發芽. 두 번 다. 죽음으로부터 잠으로부터의 appel.[77] 두 번 다 appellant.[78] 움직임을 향해서. 움직임 그 자체. 그녀는 말로 돌아온다. 그녀는 말로 돌아오고, 그것의 침묵으로. 만약 단 한 번이라면. 일단 안으로 들어가면. 움직이기.

테르프시코레 합창 무용

環

極儀才象行合星卦子圍

太兩三四五六七八九重

1. 2. 3. 4. 5. 6. 7. 8. 9. 10.

당신은 죽은 듯이 보이는 가지 위에도 목련꽃이 하얗게 핀다는 확신을 가지고 사지가 잘린 채로 남아 있는다 그리고 기다린다. 당신은 회중들로부터 떨어져 있는다.

당신은 그것이 잉태된다고 생각할 때 기다린다 당신은 그것이 씨를 내리기를 기다린다 당신은 어두운 대지를 꿰뚫는 뿌리의 시작을, 부어진 물과 함께 공기가 들어감을, 검은 흙이 어둠을 품고 있음을, 당연한 침묵과 어둠, 잉태의 모종을 볼 수 있다고 생각한다. 침묵과 어둠, 잉태의 모종은 순결하다. 무구하게 당신은 기다린다, 당신은 기다리도록 되어 있다. 당신은 침묵이 깨어지기를 기다려야 했다. 당신은 어떤 어두운 침묵이 심어지기를 기다린다. 멀고도 동시에 가까운 들판처럼 똑같은 일정함, 온 주위를 둘러싸고 있는 소리. 동시에 멀고도 가까운 그 사이 어디에선가 당신은 덜덜 떤다. 하나의 민들레의 싹이 되어, 정해진 시간 없이 꽃 전체가 폭발하고 흩어지기 전에. 그 행동이 실현되기도 전에, 아무 예감도 없이, 갑자기. 아무 경고 없이 갑자기. 전혀 자제하지 않고, 후퇴 없이, 두 번 다시 앞으로 생각하지 않고. 또는 뒤로도. 거기에 있고 또 거기에 있지 않다. 다시 모이고 분산된다. 모이고 흩어진다.

움직이지 않는다. 아무 소리도 나지 않는다. 아무것도 없다. 아무
소리 없다. 움직이지 않는다.

대기 속에 있다. 시각에 접근이 주어지지 않는다. 보이지 않고 색깔이 없다. 잔잔하다. 움직이지 않는다. 공기의 두꺼움이 무겁다. 무게 위에 무게. 부동이다. 무겁다, 기간은 타성을 가지고 있다 지구성持久性에 대한 지식이 없이.

기다리지 않는다. 기다림이 없다. 그것은 기다림의 지식을 지니고

있지 않다. 방법을 알지 못한다. 어떻게 하는지.

침입을 용납하지 않는다. 그러므로 깊이가 없다. 중단이 없다. 그러므로, 시간이 없다. 기다림이 없다. 그러므로 거리가 없다. 가득하다. 가장 가득하게 말한다.[79] 더 이상 절제할 수 없다. 가득함을 예시해준다. 움직이지 않음. 침묵. 몇 순간 안의. 그 침식. 그 침식 안에서. 둘다. 빛의 폭발과 은닉. 임박한 부닥뜨림, 정면 대 정면으로, 태양이 선언하기 이전의 달月. 모두. 이. 시간. 목적을 미리 지령함이 없이 선언하기 위하여. 그것은 아무것도 지령하지 않는다. 고정되었다고, 죽었다고, 생각되었던 시간이 바로 그 움직임의 속도를 드러낸다. 신속함. Lentitude.[80] 그것 자체의 더욱 거대한 시간의.

마치 검은 진주의 은은한 빛처럼 찬란함을 보류한다. 내적으로 빛난다. 마치 침식의 빛처럼, 둘 다 사라진다. 둘 다 광채가 난다, 수은 같은 빛, 진주 층의. 상관없다, 조가비의 밀폐가 아니다. 여전히 광채가 난다. 그 시간을 기다린다. 깨어지는. 그리고 깨어진다.

이제, 아무것도 들어오지 않는다. 잠잠하다. 그 가득함에 아무 더함이 없다. 커진다, 누적됨이 없이. 증폭된다, 증가됨이 없이. 풍요로움, 가득함, 얻음이 없이.

더 멀리, 더 멀리 속으로. 보다 더 멀리. 가운데로. 더 깊이. 재어봄 없이. 보다 더 깊이. 재어볼 수단 없이. 핵심으로. 다른 나라 말로. 같은 낱말. 동일한 것의 약간의 변형. 정의定義할 수 없는. 움직임. 약간의 움직임. 다른 소리로. 그 차이. 공기를 어떻게 노출시키는가에 달렸다. 아주 약간. 다른 낱말. 같은 것. 같은 대기의 부분들. 더욱 깊이. 중심. 거리가 없이. 중심으로부터 주변까지 특정한 거리가 없이. 측량의 점들은 지워졌다. 거기에서 시작하기. 거기에서. **In Media Res.**[81]

움직이지 말라.
소리 하나 없이. 아무것도. 아무 소리도.

운반자여, 당신은 당신의 손바닥에 은빛 흰색의 영혼을 쥐고 광채의 덩어리가 떨리고 가운데로부터 떨어져 나간다

하나씩 하나씩.
소리.
그 소리를 포기하라.
그 소리를 대치하라.
음성으로.

한 번에 하나씩. 멈춘다. 돌아와, 다시, 당신의 손바닥 한가운데로 휴식을 위해 돌아온다. 당신은 계절을 방향에 따라 바꿔놓는다

남

북

서

동

당신의 손바닥은 이제 액체의 은빛 늪, 계절이 선택함에 따라 푸른

금속 얼음에 돌로 부착된다.

때때로, 다시 시작한다. 소음. 소음 비슷한 것. 아마도 말일 것이다. 깨어진. 하나 하나. 한 번에 하나씩. 깨어진 말. 피진어. 말 비슷한 것.

공기를 순수하게 하기 위하여 당신은 밤을 찾는다. 증류가 숨결을 지극히 순수하게 연장시키며. 새벽에 그것의 첫 내어쉼을 채집해야 할 것이다. 나뭇잎들의 구석진 곳에는 이슬, 가장 맑은 눈물들의 고임이 있다. 당신은 그것들이 자체의 무게로 떨어지기 전에 간직해둔다. 당신은 하얀 광채의 기둥으로 서 있다, 눈물로 사죄하고, 호흡이 회생되어.

영구 병신이 되고. 사고事故. 말을 더듬는다. 거의 하나의 이름. 반쪽의 이름. 거의 한 장소. 시작한다. 시작하려고 한다. 그러다 멈춘다. 호흡의 내어쉼이 갑작스러운 멈춤으로 삼켜진다. 멈춤들. 이 종이쪽은 얼마나 광대한 것인가. 정적, 이 종이쪽. 없이. 쉼들이 없이도 할 수 있다. 잠시 멈춤. 그것들도 없이. 모두. 시작 정지.

대지는 어둡다. 더 어둡다. 대지는 습기가 골고루 오점 없이 내리는 청흑의 돌이다. 그 돌 위에 고운 분가루를 뿌린다. 대지는 어둡다, 청흑의 물체, 습기와 먼지가 분무같이 일어난다. 먼지의 베일이 하늘과 땅의 경계선 사이에서 연기를 피운다. 검은 어둠 속에, 창백하고, 빛나는 운무의 띠. 당신은 당신 자신의 것과 바꾸기를 제공함으로써 돌을 이끌어낸다. 자신의 육신. 신에게 간청을 외치고 쩡쩡 울리는 노래를 곡哭하며 신에게 당신과 바꾸자고, 당신의 시력을. 관대함을 위하여. 침전의 부동不動을 너그럽게 해달라고. 그 신에게 그의 웅변을 기도로 간청한다. 돌에 전달하기 위하여. 매듭진 육신의 녹여냄. 당신의 말을 보상금으로. 당신은 마지막 남아 있는 부스러기를 한 움큼씩 구기어 부수고 체로 친다. 흙에 묻힌 손들은 같은 먼지로 녹았다. 그리고 당신은 기다린다. 꼼짝 않고. 당신의 형체를 바꾸어버렸으니, 이제 당신은 무형태다. 장님. 벙어리. 정적과 하얀색 다만 너무도 정적인 것이다. 기다림. 쓰기. 머리부터 뛰어 들어감. 물질을 넘어선 흰색으로. 시각視覺. 말.

매달리라. 더욱더 매달리라. 그것의 광경에.
마침내 보인다 마침내. 보기 위해 치워낸.
아주 분명해서 빨리 매달린다 그 자리에서 빨리 매달린다.
분명하게 더욱 분명하게.
몇 시간들, 날, 종이 한 장 한 장씩
한 뭉치. 다음 뭉치. 그리고 그다음
한 뭉치에서 다음 뭉치로, 한 장, 아래
닫힌 문틈으로
밀어 넣어 저쪽에 쌓이도록
겹치지 않고. 한 번에 하나씩. 한 장.
끝이 보인다. 쌓임으로. 번영은 없이.

대지는 숨구멍이 많도록 만들어졌다. 대지는 주의를 기울인다. 안쪽으로. 시작은 어둠 속에서. 청흑의 덩어리 안에서 빛이 시작된다. 반

172

덧붙처럼, 느리고 율동적인 다시 불붙음이 또 하나의 또 다른 하나의
열림에.

그 이름. 반쪽의 이름.
과거. 반이 지난.
한 낱말을 빼놓은 채 잊힌 낱말
글자. 글자 하나 하나, 글자 그대로.

그 전망을 향해 열어라. 앞으로 오라. 목격자는 아무런 길이 넓이 깊이
에 결속되지 않는다. 목격자는 그 전망 속에 목격자를 포함하고 있는
그것을 본다. 창백한 빛이 엷은 연기 속에 비친다, 바람에 흔들리며.
그리고 온 주위에. 유출이 아무리 희박해도, 매번의 은은한 피어오름
은 주위를 둘러싸고 있는 검은 장막 앞에 노출된다. 그리고 꺼진다.
　나타나라. 앞을 바라보라. 색깔의 연속. 전에 이미 지극히 여과된.
순수하다. 진실하다. 가차없이 엄연하다. 불길한 예감을 준다. 그렇
게 붉을 수가 없다. 자홍색이 될 때까지 피를 흘렸다. 주어진 시간에
대한, 모든 앎으로, 그 전부로 전율을 느끼며. 피어남의 표시, 그것의
기간이 주어진다면. 순응한다. 그 이상도 아니고. 그 이하도 아니다.
그 색깔은 시각에 전시되기 전에 이미 있었고 항상 있었다.

깨어진다는 것. 깨어진[82] 말로 구술한다는 것. 깨어진 말로 말한다
는 것. 깨어진 말로 얘기한다는 것. 깨어진 말을 한다는 것. 깨어진
언어. 피진어. 깨어진 낱말. 말하기 전. 말해지는 대로. 말한 대로.
말해지려던. 말하기 위해. 그러면 말하라

이젠 아무 상관이 없고, 무형이다. 인체를 구성하는 모든 부분, 사지를 가랑이 가랑이 분해에 항복함으로써. 근육과 뼈를 부풀리었던 액체와 골수, 수없는 입구를 통해 자유스럽게 통행할 수 있었던 혈액은 모두 기꺼이 유배에 주어진다. 입당송入堂頌으로부터 이 몸이, 다른 신체에 의해, 보다 큰 신체에 의해 점거가 일어난다면 영적 친교를 위한 준비가 행해진다.

이제 서 있다, 동맥, 혈맥의 텅 빈 기둥이, 바윗돌에 고정되어. 날개가 없다. 손도 발도 없다. 그것은 계속된다. 이런 방식으로. 그것은 그래야만 한다. 가득함을 변경시키거나 깨트릴 것은 아무것도 없이, 이 공백의 가득함에 부과할 수 있는 외적인 것은 아무것도 없이. 그것은 이렇게 남아 있다. 잠시 동안. 그리고 눈에 보이는 아무런 과도過渡의 표시 없이, 그것은 기간의 정체성을 띤다. 그것은 남아 있다. 모든 시간적 기록은 잃어지고, 해독할 수 없게 되고, 시간의 지남은 그것이 잊힐 때까지. 그것이 얼마나 존속하는 것인가. 얼마나 오랫동안 지속하는 것인가가 잊힐 때까지.

돌에 엉겨 붙은 메마른 기둥에 습기의 새로운 표시가 나타난다. 그 속으로부터 돌을 물로 채우고 물이 모여 겨우 맨 밑바닥에 먼저 한 층을 이룬다.

돌로부터, 단 하나의 돌. 기둥. 단 하나의 돌 위에 새겨진, 형체들의 노동. 언어들의 노동. 돌에 새겨진. 목소리들의 노동.

물은 돌에 거주하고, 외부로부터의 심어짐의 흡수를 전도傳導한다. 음조로, 각인된 것들은 기둥의 대기大氣를 음조로, 울린다, 같은 소리들, 다른 어휘들을 거듭 반복하며. 다른 선율들. 전체는, 노래와 말 사이 부동의 침묵에 매달려 있다.

　돌의 표면 위의 물은 움직이는 빛을 포착하고 진입을 청원한다. 모든 것은 돌의 거대한 무게 속에서 움직이기 위해 간청한다.

　음성으로 하여금 돌의 무게를 음성의 무게로 대응할 수 있게 하라.

흰색의 투명함으로부터 어두운 색깔이 나타나 돌의 주위를 씻는다, 색깔 없는 돌을 얼룩지게 하며.

벽.

그다음 단계를 위하여. 마지막 바로 전. 맨 마지막 전. 끝마치기 전. 얼룩에서 안쪽으로부터 흐르는 색소를 끌어낸다, 매번 반복과 함께, 더욱 진하게 뽑아지는, 그 얼룩, 그것이 단 한 줄의 색깔, 자홍빛, 빨강으로 떨어질 때까지, 그것의 연명을 위해 공중에 걸린 불꽃처럼.

　돌로부터 색소로. 돌. 벽.

　종잇장.

　돌로, 물로, *teinture*.[83] 피로.

모두 일어난다. 즉시. 하나 하나. 음성들은 소리의 그릇 안으로 흡수된다. 음성이 그릇의 공백을 빙빙 돌며 위로 움직여 피어오른다. 깊은 금속성으로 위쪽으로 동그라미를 그리며 올라 늪이 되고　눈에 보이는 빛이 그보다 더 밝을 수 없고　들리는 소리가 그보다 더 높을 수 없게 늪의 물결의 공기를 떨리도록 재촉한다 다른 모든 것을 높이 올리기 위해 모든 기억이 모두 메아리치는 곳으로

175

폴림니아⁸⁴　　성시^{聖詩}

그녀는 이 우물에서 물을 한 번 마셨던 것을 기억했다. 한 젊은 여인이 홀로 우물에서 물을 길어 올려 그녀 옆에 서 있는 두 개의 커다란 항아리를 채우고 있었다. 그녀는 멀리 걸었던 것을 기억했다. 마을의 우물까지는 꽤 먼 거리였다. 때는 여름이었다. 태양은 더욱 이른 시간에 빛나고 기온은 빨리, 거의 단번에 올랐다.

그녀의 어머니는 강한 광선을 피하도록 머리에 쓸 흰 수건을 주었었고 얇은 직물의 윗저고리를 주었는데 그것 또한 하얀색이었다.

땅에서 열기가 올라, 길의 분명한 선을 희미하게 한다. 먼지 안개가 땅과 하늘 사이에 머물러 불투명한 막을 이룬다. 그 풍경은 그 막속에 존재한다. 그것의 다른 쪽에 그리고 그 너머에.

멀리서 보기에 그 형체는 동작의 윤곽을 그린다, 그것의 경제성, 우물에서부터 항아리까지 불필요한 동작이 없이. 두레박을 우물 안으로 내리는 반복, 아무 생각 없이도 잘하는 숙달된 몸짓, 그녀는 그것을 정확성과 속도를 가지고 실행한다.

그녀 역시 숱이 많은 검은 머리에 하얀 수건을 썼고 등 뒤에 땋아서 하나로 묶은 머리는 그녀가 우물에 기댈 때 앞으로 넘어오곤 했다. 그녀는 물에 젖지 않도록 주름잡아 맨 치마 위에 앞치마를 둘렀다.

우물에 접근하자, 소리가 들린다. 나무 두레박이 물에 떨어지기 전에 우물 안의 벽을 치는 소리가 우물 속에서 울린다. 대지는 공허하다. 그 아래.

그녀는 그녀 앞에 가만히 서 있는 어린 소녀를 쳐다보지 않았다. 그녀는 그녀가 느린 속도로 우물을 향해 걷는 것을 보았다, 왼손에는 조그만 하얀 보퉁이를 들고. 우물에 도달하자 그녀는 꼼짝 않고 멈추었다. 더 이상 발걸음을 떼어놓지 않아도 되었으니까. 말을 하려는 듯 입을 열었지만, 한마디도 없이, 그늘진 곳을 찾아 주저앉았다.

우물의 가까움이 그녀를 시원하게 하는 듯했다. 그녀는 긴 한숨을 내쉬었다. 그녀는 잠깐 눈을 감았다. 먼지와 더위가 눈 속에서 부풀어 올랐고 그녀는 시선의 초점을 뚜렷하게 맞출 수가 없었다. 그녀가 눈을 떴을 때, 그녀는 우물을 둘러싸고 있는 돌들 위에 흩어진 물과 그 물에 반사되는 빛을 보았다.

둘째 항아리가 거의 가득 찼다. 그녀는 어린 소녀가 몇 마디의 말을 하는 것을 어렴풋이 들었고 그 말 사이에 중간중간 동등한 기간의 멈춤이 끼어 있는 것을 들었다. 마지막 말을 하면서 그녀의 입은 벌어져 있었다. 그녀는 자기가 말을 한 것을 깨닫지 못하는 듯했다.

그녀는 여인이 두레박을 들어 올리자, 돌우물을 바라보았다. 그녀는 각 동작을 눈으로 따르고 있었다. 여인은 두레박을 우물의 담 위에 놓고 앞치마 속에 손을 넣어 조그만 사기그릇을 꺼냈다. 그릇의 이가 빠진 부분은 오랜 시간으로 때가 묻었고 그릇의 바닥까지는 금이 가 있었으며 바닥은 깨어지기 시작했다. 그녀는 그릇을 두레박 속에 담가서 가득 채웠다. 그녀는 그것을 어린이에게 마시라고 주었다.

그녀는 액체를 빨리 마신다. 대지는 아래로 내려갈수록 더욱 서늘하다. 그녀는 여인을 올려다보았다. 그녀의 눈이 더욱 맑아졌다. 그녀는 여인이 미소하고 있는 것을 보았다. 그녀의 눈썹이 양쪽 관자

놀이 쪽으로 부드럽게 반달 모양을 그렸다. 그녀의 눈은 검었고 그 눈은 검은 속에서 빛나고 있는 듯했다.

그 아이는 제자리에서 그녀에게 수줍은 미소를 지었다. 그녀의 팔은 무릎을 감싸고 그녀의 작은 손바닥은 그릇의 원형을 완벽하게 감싸고 있었다. 젊은 여인은 그녀에게 집을 멀리 떠나 무엇을 하고 있느냐고 물었다. 아이는 몹시 앓는 어머니를 위해 이웃 마을에서 약을 구해 가지고 돌아가는 길이었다고 간단하게 대답했다. 그녀는 이른 새벽부터 걸었는데 멈추고 싶지 않았지만, 너무 피곤하고 목이 말라서, 우물가로 온 것이었다.

여인은 귀 기울여 들었고 아이가 이야기를 끝냈을 때, 여인은 고개를 끄덕이고 아이의 머리를 부드럽게 쓰다듬었다. 그러고 나선, 그녀는 바구니를 가져다가 그녀 옆에 앉았다. 바구니는 여러 개의 주머니로 가득 차 있었는데 그녀는 검은 끈으로 맨 주머니를 하나씩 하나씩 꺼내기 시작했다. 그녀는 이것들은 그녀의 어머니를 위한 특별한 치료제인데 그녀에게 가져다드려야 한다고 했다. 그녀는 그것을 어떻게 준비해야 하는지 설명해주었다.

그녀는 머리에 쓰고 있던 수건을 벗어 무릎 위에 놓았다. 그녀는 그릇을 들고 약을 꼭 그 그릇에 담아 드려야 된다고 했다. 설명을 마친 후에, 그녀는 열 번째 주머니와 그릇은 소녀에게 그녀가 주는 선물이니 간직하라고 했다. 그녀는 흰 그릇을 흰 헝겊 한가운데 놓았다. 빛은 각기의 흰색을 영롱하게 만들고 그릇을 보라색으로 둥글게 감싼다. 그녀는 모든 봉지를 그릇 속에 넣고, 그다음 헝겊의 두 대각선 모퉁이들을 잡아, 한가운데에 매어 조그만 보퉁이를 만들었다.

그녀는 보퉁이를 아이에게 오른손으로 잡도록 건네주며 빨리 집으로 가라고 말했다. 멈추지 말고 그녀가 일러준 것을 모두 기억하라고. 아이는 고맙다고 인사하며 일어선다. 그녀는 그녀에게 깊이 절한다.

그녀는 빨리 걷기 시작했다. 그녀의 걸음걸이는 전보다 가볍게 움직이는 것 같았다. 얼마 후 그녀는 우물가의 젊은 여인에게 손을 흔들려고 돌아섰다. 여인은 벌써 우물에서 떠났다. 그녀는 돌아서서 모든 방향을 둘러봤지만 그녀는 아무 데도 없었다. 그녀는 가는 길에 멈춤에 대한 말을 기억하고 뛰기 시작했다.

벌써 해는 서쪽에 있었고 그녀의 마을이 눈앞에 나타나는 것을 보았다. 집에 가까이 오자 보퉁이의 무게를 감지하게 되었고 그것을 들고 있던 손바닥에 따뜻함을 느꼈다. 창호지 문을 통해 황혼이 들어섰고 작은 촛불의 그림자가 가물거리고 있었다.

태극(타이-치)	첫째, 우주.
양의(리엉 이)	둘째, 음과 양.
삼재(삼 초이)	셋째, 하늘, 땅, 그리고 인간.
사상(사이 치엉)	넷째, 기본 방향, 북남동서.
오행(엥 항)	다섯째, 다섯 가지 근본, 금속, 나무, 물, 불, 흙.
육합(록 합)	여섯째, 네 방향과 천정天頂과 천저天底.
칠성(춧 싱)	일곱째, 일곱 별, 북두칠성.
팔괘(빨 과)	여덟째, 여덟 개의 괘.
구자연환(가우 기 린 완)	아홉째, 아홉의 연속, 아홉 점의 연결.
중위(충 와이)	열째, 원 속의 원, 동심원의 연속.

열째, 원 속의 원, 동심원의 연속.

기후에 하나씩 하나씩 흩날린 낱말들은,

논쟁의 여지 없이, 시간에 서약되었다.

만약 그것이 찍힌다면, 말의 화석 자취를 만든다면,

말의 찌꺼기, 마치 폐허가 서 있듯 서 있는다면,

단순히, 표적으로

시간에, 거리에 자신을 내놓아버린

엄마 나를 창문으로 올려주세요, 그의 시야로부터 너무 높이 올려다 보는 어린아이. 유리창 사이로 어떤 영상이 이제 검은색 회색들의 희미함, 그녀의 시야 위에 머뭇거리는 그림자들 머리는 가능한 만큼 뒤로 젖혀졌다. 나를 창문으로 올려주세요, 하얀 창틀과 그 사이 유리, 이른 황혼 또는 여명의 빛이 어두울 때, 선은 그림자에 지워지고 집들은 지나가는 빛에 그림자 우물을 드리울 때. 짧다. 밤을 향해 모두 짧다. 골목길은 마지막 집 뒤로 모퉁이를 돌아가는 끝없는 길. 담벽들, 손으로 만든 돌 벌집들 하나하나가 금빛을 품고 광선의 흰색을 반사한다. 창틀과 유리 사이에 아무도 없다. 나무들은 앞으로 다가올 전망을 기다리며 침묵을 고수한다. 만약에 일어난다면. 부동의 침묵을 들어 올리기 위한 부단한 지킴 속에서. 나를 창문으로, 그 그림의 영상으로, 올려주세요. 암석의 무게에 매여 있는 밧줄들을 풀어주세요. 처음엔 밧줄들, 그리고 정적을 깨트리기 위하여 나무 위에 긁히는 소리, 종들이 떨어지자 울림이 뒤따른다. 정적을 깨트리기 위하여 무게를 들고 있는 밧줄이 나무에 긁히는 소리. 종들이 떨어지며 하늘에 소리를[85] 떨친다.

주

1. F. A. McKenzie, *The Tragedy of Korea*(서울: 연세대학교 출판부, 1969), 46, 47, 236, 311, 312쪽.
2. 성녀 테레즈의 자서전, *Story of a Soul*, A New Translation from the Original Manuscripts by John Clerk, O.C.D., ICS Publications Institute of Carmelite Studies, Washington, D.C., pp. 140, 168-169, 193, 195, 197.

* 「칼리오페 서사시」의 전기적 자료는 허형순[86]의 일기에 기초한 것이다.
* 서예는 차형상[87]에 의한 것이다.

1. 클리오(역사의 여신), 칼리오페(웅변과 서사의 여신), 우라니아(천문의 여신), 멜포메네(비극의 여신), 에라토(연애시의 여신), 엘리테레(서정시의 여신), 탈리아(희극의 여신), 테르프시코레(노래와 춤의 여신), 폴림니아(성가의 여신). 이들은 그리스 신화에 나오는 신들로서, 제우스와 므네모시네 사이에서 태어난 아홉 명의 딸이다. 위의 이름 중 엘리테레는 원래의 그리스어 표기와 차이점이 있음을 밝혀둔다. 원래는 에우테르페다.(저자가 필기체로 쓴 것을 잘못 옮겨 적은 것이 아닌가 하는 견해도 있다.) 폴림니아는 폴리힘니아로도 나타낸다.

2. diseuse는 diseur(화술가, 점술가, 운명을 말하는 사람)의 여성형 명사다.

3. 원문에는 'in gulfs'로 되어 있다. 보통 물이나 공기를 '꿀꺽 들이마신다'에 해당하는 영어는 'in gulps'인데 원문에는 그와 비슷하나 아주 뜻이 다른 gulfs(灣)로 되어 있다. 또한 engulfs(휩싸다)와도 동음어가 된다. 'in gulfs'는 in gulps의 과잉 정정(hypercorrection)일 수도 있다는 견해가 있다.

4. 원문의 Deliver는 '구원하다'의 뜻일 수도 있다.

5. 다음의 어구들을 완성하시오:

   1. 호수는 오늘 아침에 (얼다).

   2. 나는 어머니가 나를 불렀을 때 (일어나다).

   3. 그녀는 책상을 스펀지로 (닦다).

   4. 그는 그의 아이를 학교에 (데리고 오다).

   5. 시장에서 사람들은 달걀, 송아지고기와 채소를 (사다).

   6. 그는 그가 (먹다) 호두 껍질을 (버리다).

7. 그들은 저녁마다 길에서 (산책하다).

8. 그녀는 녹색 모자를 (선호하다).

9. 나는 당신이 아침 일찍 나에게 (불러주다)를 (희망하다).

10. 그들은 그들의 친구들에게 선물을 (보내다).

6. 원문의 대문자로 된 He, His, Him 등(하느님을 지칭하는 대명사들)은 여기서 이탤릭체의 '그'로 나타내기로 한다.

7. 이 문장은 천주교의 미사 중, 성찬의 기도를 시작할 때 하는 기도에 나오는 말이다. '통하여'라는 말은 그 부분을 마친다는 뜻과 같다.

8. 천주교 교회 안에는 그리스도의 수난을 나타내는 14처의 그림 또는 조각이 있다. 주로 부활절이나 크리스마스에 즈음하여 교인들은 각처를 순서대로 순방하며 그 앞에서 기도를 올린다.

9. 무염시태(無染始胎)는 원죄 없는 잉태를 말한다.

10. 이 문단은 모든 동사가 원형(즉 不定形)으로 되어 있다.

11. 아담과 이브의 에덴동산으로부터의 전락(추방)을 말한다.

12. 성심(聖心)은 성심학교를 말한다.

13. 미국의 고등학교는 9학년(즉 한국의 중학교 3학년)부터 시작하여 12학년까지이므로 여기서의 4학년은 한국의 고등학교 3학년과 같다.

14. 여기까지 나열된 어휘들 가운데는 미국의 많은 서류, 특히 이민 서류에 요구되는 여러 가지 인적 사항의 조항들이 들어 있다. 카스트는 인도의 사회계급제도를 말한다.

15. 영사기나 녹음기 등에서 필름 또는 테이프가 마구 튀어나옴을 비유하고 있다.

16. 귀화된 나체들의 무덤 또는 본질을 잃은 나체들의 무덤.

17. 이름으로/ 그 이름/ 이름. 천주교의 여러 기도는 "성부와 성자와 성신의 이름으로, 아멘"으로 끝을 맺는다.

18. '정경부인', '정부인', '숙부인', '영인', '공인', '선인', '안인', '단인'.

19. 순서에 따라 빈(嬪), 귀인(貴人), 소의(昭儀), 숙의(淑儀), 소용(昭容), 숙용(淑容), 소원(昭媛), 숙원(淑媛).

20. 독립운동가 윤병구(尹炳球).

21. 여기서의 목적은 독립운동을 말한다.

22. "주님 자비를 베풀어주소서"로 시작하는 기도(자비송).

23. "하늘 높은 데서는 하느님께 영광"으로 시작하는 기도(대영광송).

24. "나의 영혼이 주님을 찬양하나이다"로 시작하는 기도(마리아의 노래).

25. "거룩하시도다, 거룩하시도다, 거룩하시도다"로 시작하는 기도.

26. 원문에는 movement로 되어 있다. 이것은 정치적 운동, 즉 독립운동을 암시하는 것이기도 하다.

27. '당신'은 부정대명사로 '나' 또는 '당신', '아무나'를 말한다.

28. 여기의 여러 단어들은 인체의 부분일 뿐만 아니라 토목과 건축에 쓰이는 용어이기도 하다.

29. 자신을 감추지 말라. 자신을 드러내라. 혈액. 잉크.

30. 나는 백조들을 듣고 있었다./ 빗속의 백조들. 나는 듣고 있었다./ 나는 진실의 말을 들었고/ 또는 진실이 아닌 말을,/ 말하기 불가능하다.// 거기. 몇 년 후에./ 비를 분별하기가 불가능하다./ 백조들. 회상된 말들. 이미 말해진 것./ 방금 말한. 말하려고 한 것./ 기억된 잘 들리지 않은 것. 확실치 않다.// 비는 소리를 꿈꾸게 한다./ 멈춤들을. 내어쉬는 호흡./ 단언들. 모든 단언들을.// 조금씩 조금씩// 말들을 분간할 수 없다/ 내어쉬는 말들. 내어쉬는 호흡 속에 단언되고/ 들이쉬는 호흡 속에 감탄된/ 더 이상 비를 분간할 수 없다 꿈으로부터/ 또는 호흡으로부터// 그 안의 혀(또한 언어) 그 입 속에/ 그 목구멍 그 속의/ 그 허파 단 하나의 기관/ 모두 다 함께 하나. 단 하나.

31. 거기. 훨씬 후에, 거의 불확실하다, 그것이/ 비였던지, 말이었던지, 기억이었던지./ 한 꿈의 기억./ 그것은 얼마나 스스로를 꺼트리고 있는가. 얼

마나 그것을 꺼트리고 있는가./ 그것이/ 스스로 사그러지면서.// 혀를 깨물기./ 깊이 삼키기. 더욱 깊숙이./ 삼키기. 더욱더./ 더 이상 없어질 때까지. 기관이./ 더 이상 기관이./ 외침들.// 조금씩 조금씩. 쉼표들. 마침표들./ 멈춤들./ 前과 後. 그 모든 前./ 그 모든 後./ 어구들./ 문단들. 침묵의. 좀 더 가까이/ 종잇장들 그리고 종잇장들/ 움직임 속에서/ 線들 다음에/ 線들/ 왼쪽으로 비우고 오른쪽으로 비운다. 낱말들의 비움./ 침묵들의.

32. 원문에서 저자는 '기억된'이라는 단어 remembered를 re membered로 분해함으로써 '재구성된'이라는 중첩된 의미 또는 두 의미상의 관련성을 제시하고 있다.

33. 원문에는 Diminish라는 단어가 'dim/inish'로 행갈이 되어 있다. 'Dim'은 '희미한', '어두운'의 뜻이다. 저자는 이와 같이 단어의 음상 또는 어원들을 분해함으로써 다양한 의미를 드러내고 있다.

34. 원문의 'bite the tongue'은 '(하고 싶은) 말을 하지 않다' 또는 '침묵하다'라는 의미의 숙어로 볼 수 있으나 역자는 시적 이미지를 보존하기 위해 직역을 택했다.

35. 나는 표시들을 듣고 있었다./ 무음의 표시들. 전혀 같지 않은./ 없는.// 단지 영상들뿐. 다만. 영상들./ 빗속에서의 그 표시들, 나는 듣고 있었다./ 말은 다만 비가 눈이 된 것뿐./ 진실이든 진실이 아니든./ 말할 수 없다.// 해가 가고 해가 간다. 십 년씩./ 백 년씩./ 후에. 분간하기 불가능하다. 들은 것./ 표시들. 말들. 기억. 이미/ 말해진 조금 전에/ 말한 앞으로/ 말하려고 하는/ 잘 듣지 못한 기억, 불확실하다./ 비는 소리를 꿈꾼다. 멈춤들을./ 내어쉬는 호흡./ 단언들 모든 단언들/ 내어쉼에.// 조금씩 조금씩// 거기, 몇 년 후에, 불확실하다 그 비/ 그 말이 기억하고 있는지 어떻게 그랬었는지./ 그처럼 만약 그랬었다면.

36. 혀를 깨문다. 삼킨다. 깊이./ 더욱 깊이. 삼킨다. 더욱더./ 더 이상 기관이 없어질 때까지./ 더 이상 기관이./ 외침들.// 조금씩 조금씩. 쉼표들. 마침

표들./ 멈춤들. 前과 後. 마친 후./ 모두./ 마치기 전.// 침묵의 어구들./ 침묵의 문단들/ 종잇장들 그리고 종잇장들이 조금 가까이/ 움직임으로/ 線들/ 후에 線들/ 비운다 왼쪽으로 오른쪽으로./ 말들을 비운다./ 침묵을 비운다.

37. 원문에는 'to the left to the right'라고 되어 있는데, 보통 'left and right'라고 쓰지 이렇게 따로 떼어놓는 경우는 좀처럼 보기 힘들다.

38. 원문의 'stops'는 음성학에서 말하는 '폐쇄음(stop)'과 관련이 있는 것으로 보인다. 폐쇄음은 한국어에서 보통 '파열음'이라고 하는 것인데, 파열음은 혀가 입 안의 어느 부분과 맞닿아 있다가 터져나오는 소리다. 그 터짐 이전에는 순간적인 멈춤이 있다.

39. 발성기관, 즉 성대 근육의 수축을 말하는 것이다.

40. 원문의 'pidgeon'은 'Pidgin'을 의도적으로 비튼 단어다. 'Pidgin'은 혼성어 또는 혼합어라고 번역되는 것인데, 이것은 흔히 식민지 국가에서 많이 쓰이는 정확하지 않은 영어처럼 여러 언어가 뒤섞인 편의적인 언어를 지칭하는 것이다. 저자는 'Pidgin'을 발음이 비슷한 'pigeon(비둘기)'이라는 낱말과 접목시켜 'pidgeon'이라는 어휘를 만들어내고 있다. 여기서 흥미로운 것은, 미국에서는 비둘기가 더럽고 지저분한 새로 간주된다는 사실이다. 평화를 상징하는 비둘기는 영어의 'dove'에 해당된다.

41. 화씨 90도를 말한다. 섭씨 약 32도.

42. 여기서 '그녀'는 대문자 SHE와 Her로 되어 있다. 이것으로 '그녀'가 인물이 아니라 국가를 지칭한다는 것을 알 수 있다.

43. lighten은 '가볍게 하다', loss는 '싸움에서 지다'의 의미로 대체하면 '패배로써 가볍게 하라'의 뜻도 가능하다.

44. 데메테르는 그리스 신화에 등장하는 곡물의 여신으로 농업, 결혼, 사회질서의 여신이다. 시빌레는 고대 전설에 등장하는 여자 예언자로서 신의 영검을 따라 예언을 하거나 운을 말하는 여자다.

45. 원문의 'en-trance'는 프랑스어의 'en(영어의 in에 해당)'과 'trance(신들린 상태)'가 '-'로 묶인 것으로 볼 수도 있고, 영어 'entrance'로 보아 입구 또는 입장의 의미로 해석할 수도 있다.

46. 원문에는 back wards로 되어 있다. backwards의 강조와 리듬을 살리기 위해 그렇게 했을 수도 있고, 두 낱말 각각의 의미 즉 '뒤쪽의 병실 또는 숙소'의 뜻을 중복적으로 나타낸 것으로 볼 수도 있다.

47. pan. 카메라를 수평으로 좌에서 우, 우에서 좌로 움직이는 촬영 기법.

48. fade. 페이드 아웃은 정상적인 밝기로부터 점차 어두워져 영상이 서서히 사라지는 것을 말한다. 페이드 인은 그 반대.

49. 우리는 볼 것이다. 우-리. 보-ㄹ 것이다. 잔(盞). 아. 우리는 볼 것이다. 네. ㄴ-ㅔ.(부정 질문에 동의할 때 쓰이는 대답.)

50. 어떤 계시를 듣는다는 뜻일 것이다.

51. 부드럽게. 천천히.

52. 큰따옴표로 표시되어 있는 인용문들은 성녀 테레즈의 자서전 『영혼의 이야기(L'Histoire d'une âme)』에서 인용한 것이다. 성녀 테레즈(St.Térèse of Lisieux, 1873~1897)는 시계 제조업자 마르탱의 막내딸로 태어났다. 그녀는 열다섯 살 때 리지외에 있는 가르멜 수도회에 들어가 1890년에 수녀가 되었고 1897년 9월 30일 폐결핵으로 사망했다. 사망 전에 쓴 그녀의 자서전 『영혼의 이야기』의 개정판이 모든 가르멜 수도원에 회람되면서 그녀의 명성이 널리 알려지게 된다. 1925년 5월 17일에 그녀는 '아기 예수와 성안(聖顏)의 성녀 테레즈'라는 칭호를 받게 된다. 또한 1929년에는 비오 11세로부터 러시아를 위한 선교와 모든 사역의 수호성녀로 임명되고, 1944년에는 잔 다르크와 함께 프랑스의 수호성녀가 된다. 차학경은 유관순과 잔 다르크, 성녀 테레즈를 동일선상에 올려놓고 있다.

53. 상호 연관적인 장면들의 연속을 가리키는 영화 용어.

54. Gertrude. 덴마크의 영화감독 칼 드라이어의 마지막 영화 〈게르트루드

(Gertrud))를 의미하는 것으로 보인다.

55. 원문의 'be long'은 belong(속하다)과 be long(길다)의 뜻을 동시에 가지고 있다.

56. apel(appel일 것이다): (이름을) 부름. apellation(appellation): 호칭, 명칭.

57. 말하는 여자.(이 책의 첫 장을 참고할 것.)

58. 여성 점술가.

59. 가기/돌아오기.

60. Day는 낮, 하루, 날, 기념일, 축제일, 약속 날짜, 시대, 시절, 시기 등 다양한 의미를 가지고 있는 단어다.

61. 원문의 re move는 '없애다'의 의미를 나타낼 수도 있다.

62. 원문의 re veils는 영어의 '다시 베일을 씌우다'의 뜻과 프랑스어의 reveiller, '깨우다'의 뜻을 이중으로 나타내고 있는 것 같다.

63. 사람들은 무엇을 보았는가./ 마침내 보인 것. 그 광경. 그것은 결국 무엇인가./ 마침내. 본 것. 모두 본 것, 마지막으로, 다시./ 즉각적이다. 본 것, 전부. 지금까지 모두.

64. 보고 비워버린. 광경이 비워져버린./ 그 안 그 밖. 마치 전혀 그런 일이 없었던 것처럼./ 마치 그것은 처음으로 보인 것처럼./ 그것은 그랬다. 그것은 과거였다./ 사람들은 속았다. 사람들은 그 광경에 속았다./ 색유리창 밖으로부터 안으로부터. 불투명하다. 전혀 반사하지/ 않는다. 결과적으로/ 보이지 않는 광경을 좇아.

65. 신부의 면사포. 수녀의 면사포.

66. 벌거벗은.

67. (이탈리아어) 낮은 목소리.

68. 가기.

69. 원문의 dust는 '먼지를 뿌리다'와 '먼지를 치우다'의 상반되는 의미를 나타내는 단어임을 밝혀둔다.

70. 그리스 신화에 의하면 기억의 여신 므네모시네는 9일 밤과 9일 낮을 기다려 제우스와의 사이에서 아홉 명의 딸(뮤즈)을 갖게 되었다고 한다.

71. 고대 그리스 아티카 지방의 도시.

72. 돌아가기.

73. 원문에는 'phantomnation'으로 되어 있다. 이것은 condemn 또는 damn 같은 단어의 명사형 condemnation 또는 damnation 같은 낱말의 유추형으로 볼 수도 있다. 그러나 phantom은 말의 마지막 자음이 'm'이라는 점, 그리고 명사형 어미는 '-ation'임을 감안하여 유추형으로 번역하지 않았다.

74. 원문에는 'from under clothing'으로 되어 있다. under와 clothing을 한 낱말로 보면, '속옷'이 된다.

75. '반복'.

76. 그리스도의 수태를 알림.

77. (프랑스어) '부름', '이름을 불러 호출하다'.

78. (프랑스어) '불러내는'.

79. 원문에는 'utter most'로 되어 있다. 이 낱말은 utmost(가장, 최고의)를 분해하여 uppermost(맨 위, 최고) 또는 outermost(맨 바깥, 맨 겉쪽) 등과 비슷한 유추형을 만든 것으로 보인다.

80. 사전에 이런 단어는 없다. 다만 fortitude(프랑스어 fort: '강한'의 합성 어휘 '강함') 또는 solitude('고독'), plenitude('충만함') 등을 고려할 때 '완만함'의 뜻을 나타내기 위해 lente('천천히')를 합성해낸 낱말일 수도 있다.

81. (라틴어) 사전에는 'in medias res'로 나타남. '사건의 도중에서'라는 뜻.

82. 깨어진: 완전하지 못한 언어를 지칭하는 형용사로 쓰임.

83. (프랑스어) 색소, 염료.

84. 정확한 이름은 Polyhymnia.

85. 원문에는 'a peal'로 되어 있는데, 이는 또한 appeal('청원하다')로 읽힐 수도 있다.

86. 허형순은 차학경의 어머니.

87. 차형상은 차학경의 아버지.

* 36~37쪽: 차학경의 아버지, 차형상의 글씨.

* 54쪽: 차학경의 어머니, 허형순의 사진.

* 66~67쪽: 차학경의 아버지, 차형상의 글씨.

* 105쪽: 은박지로 만든 기사복을 입고 장검을 들고 가르멜 수녀원 정원에
  서 있는 테레즈 수녀.

* 131쪽: 영화 「잔 다르크의 수난」(1928)에서 잔 다르크 역을 맡은 배우, 르
  네 팔코네티.

* 134쪽: 1919년 3월 1일 파고다공원에서 일어났던 만세 운동 사진.

* 178쪽: 19세기 누비아의 와디 에스 세부아에 있었던 거상과 스핑크스 사진.

『딕테』 개정판 출간에 부쳐

누이동생 학경(테레사)이 우리 곁을 떠난 지 벌써 42년이 지났지만 나에게는 영원한 31세 예술가/작가로 남아 있다. 문학사상이 『딕테』 재출간 의사를 전했을 때 나는 학경이 마지막에 보내온 편지를 연상하면서 『딕테』의 지속성에 감탄했다. 학경은 『딕테』가 이처럼 세계적인 관심사가 되리라곤 상상 못 했을 것이다. 학경이 1982년 6월 25일에 쓴 편지를 다시 읽어본다.

오빠, 존에게.

여름이 왔어. 비가 내리고 간간이 햇살이 비쳐. 요즘은 기분이 찜찜하지만 그래도 몇 가지 좋은 일이 있었어. 나는 방금 원고를 막 끝내서 출판사에 넘겼어. 무보수의 노동이었지만…. 원고를 넘기면서 느낀 건, 벌거벗은 기분이었다는 것과 해방됐다는 것 외에는 뭐라고 표현하기 힘들어. 그 원고는 작업 중이거나 아니거나 내 몸에서 절대 떨어지지 않았어. 나는 어디에 가든지 항상 그 원고를 들고 다녔고, 자면서도 원고 생각만 했고, 결국 완성했어. 그래도 완전하게 구성된 책이라고 여기기는 힘들어. 이제까지 조각조각으로 인식했거든. 이제껏 해왔던 작업들이 완성된 것을 볼 때마다 놀라곤 해. (…) 10월이나 11월 중에 내가 쓴 책을 받으면 오빠는 내가 뭘 하고 지냈는지 알게 될 거야. 그다음에는 에이전트들을 통해서, 힘은 없지만, 애를 써서 더 많은 프로젝트들을 구해야지. 이번 작업보다는 더 나은 재정 지원을 받을 수 있겠지. 아마도 식사 대접, 원고 복사 등을 포함해서. 몇 가지 불평도 들어주겠지. 언젠가는, 보람이 있을 거야.

사랑하는 테레사가.

테레사가 예고한 대로 그 책은 11월에 샌프란시스코에 도착했다. 정확하게 말하자면 11월 10일이었다. 테레사의 장례식을 치른 날이었다. 하필이면 그날 도착한 것이다. 나는 떨리는 손으로 책을 열었다. 첫 페이지를 보는 순간 기절할 뻔했다. 검은색 바탕에 낙서 같은 흰색 글씨로 된 '어머니 보고 싶어/ 배가 고파요/ 고향에 가고 싶다'라는 문장이 나의 눈에 번쩍였다. 그 문장은 테레사가 울부짖는 목소리처럼 들렸다. 나는 즉시 책을 감췄다. 내 머릿속에는 어머니가 이 책을 보면 안 된다는 생각이 꽉 차 있었다. 방금 사랑하는 딸과 영원한 이별을 나눈 어머니가 테레사의 울부짖음을 어떻게 감당할 수 있을까 하는 생각뿐이었다.

테레사와 어머니는 특별한 사이였다. 만주 용정 태생인 어머니는 북간도에서 성장한 과정에 대해 자주 말씀하셨고 테레사는 어머니의 이야기에 열중했다. 나중에 『딕테』를 읽으면서 나는 어머니의 목소리를 느낄 수 있었다. 어머니는 용정 동산이라는 문인 동네에서 자라나면서 다수의 시인과 작가들을 알게 되었다. 어렸을 때 하루는 사촌오빠 강소천 시인과 같이 마루에 앉아 마당에서 놀고 있는 닭과 병아리들을 보고 있었는데 오빠가 갑자기 벌떡 일어나더니 방 안으로 뛰어가서 종이를 꺼내 뭔가를 열심히 썼다. 나중에 알고 보니 「닭」이라는 시를 그렇게 열심히 써서 어느 잡지에 보냈다고 한다. 그리고 친오빠 역시 시인이었는데 이웃에 사는 절친인 윤동주, 송몽규 시인이 집에 자주 놀러 왔다고 한다. 윤동주 시인은 '순이'로 불린 어머니를 어렸을 때부터 봤는데, 유학 중에 오랜만에 귀향했을 때 송몽규 시인과 같이 오빠를 만나러 마당에 들어서다가 어머니와 마주쳤다. 당시 학교 교사였던 어머니는 여름방학을 맞아 집에 와 있었다. 윤 시인과 송 시인은 처녀가 된 어머니를 보고 놀라서 한참 동안 입을 벌린 채 멍하니 서 있었다. 어머니는 부끄러워서 부엌으로 도망쳐 숨었다고 한다. 중학교에 다닐 때에는 안수길, 김찬도(김은국 작가의 부친) 같은 교사들의 지도하에 공부했으니 어머니도 자연스럽게 문학에 관심이 많으셨다.

만주 용정의 문인 동네에서 성장한 어머니는 테레사의 예술적 감각을 잘 이해하셨고 테레사가 버클리대학에서 12년 동안 미술 석사 등 4가지 학위를 취득하는 과정을 지켜보면서 테레사와 많은 대화를 나누셨다. 어머니의 영향을 많이 받은 테레사의 『딕테』는 어머니에 대한 이야기라고도 할 수 있다. 테레사의 문학/미술 세계의 포커스는 언어다. 테레사의 비디오, 서적, 퍼포먼스, 페이퍼 작품, 세라믹 작품들은 언어 자체의 존재성을 탐구하는 과정을 말한다. 즉, 테레사의 관념예술의 기본은 '인류는 왜 말을 하는가'라는 질문이다. 이 질문은 만주 용정에서 자라난 어머니로부터 비롯된 것이다. 『딕테』에서 테레사는 어머니의 언어 취득 과정을 이렇게 표현했다.

어머니, 당신은 아직도 어린아이입니다. 열여덟 살 난. 당신은 늘 아프기 때문에 더욱더 어린아이입니다. 당신은 고된 일상생활로부터 보호받았습니다. 하지만, 당신은 다른 사람들처럼 강제로 주어진 언어를 말합니다. 그것은 당신의 언어가 아닙니다. 비록 당신의 언어가 아닐지라도 당신은 그 언어로 말해야만 한다는 것을 압니다. 당신은 이중 언어 사용자입니다. 당신은 삼중 언어 사용자입니다. 금지된 언어는 바로 당신의 모국어입니다. 당신은 어둠 속에서 말합니다. 비밀 속에서. 바로 당신의 언어를 말입니다. 당신 자신의 언어. 당신은 아주 부드럽게, 속삭여 말합니다. 어둠 속에서, 비밀스럽게. 모국어는 당신의 안식처입니다. 당신의 고향입니다. 당신의 존재 그 자체입니다. 진정으로. 말한다는 것은 당신을 슬프게 합니다.

2006년 버클리대학에서 'SPEAK PACIFIC' 주최로 미국 시인들과 한국 시인들이 참여한 시 낭송 행사가 있었다. 한국에서는 신경림, 김종해, 오세영, 문정희, 김승희 시인과 이애주 무용가가 참여했

고 미국에서는 밥 하스, 브렌다 힐먼, 잭 로거우, 제롬 로텐버그, 리
처드 실버그 시인이 참여했다. 이때 테레사의 스승인 조지 레이코
프 교수가 『딕테』에 나오는 장면들을 골라서 낭송했다. 특히 한 문장
이 매우 감동적이었다. 레이코프 교수는 이 문장을 두 번 낭송했는
데 첫 번째는 평범한 리듬으로 읽으면서 진지하고 엄숙한 분위기를
자아냈다. 그리고 두 번째는 그 문장을 스타카토 리듬으로 읽었는데
너무 유머러스한 분위기여서 200여 명의 관객들이 웃고 박수를 쳤
다. 이어서 레이코프 교수는 테레사가 이 문장의 이중적 리듬을 의
도적으로 구성했으며 테레사의 천재적 재능을 보여주는 것이라고
언급했다.

어머니는 테레사가 세상을 떠난 지 15년 후인 1997년에 『내가 두
고 온 작은 흑점』이라는 수필집을 출간하셨는데 『딕테』에 등장하는
용정 관련 장면들이 많이 나온다. 용정의 교사 출신인 아버지도 『딕
테』에 기여하셨다. 하루는 테레사가 아버지에게 붓글씨를 부탁했는
데, 아버지는 한자로 '부모'와 '태극' 철학 관련 10가지 조목을 한자
로 필기하셨다. 『딕테』를 본 후에야 왜 테레사가 그런 부탁을 했는지
알게 되셨다.

따라서 『딕테』는 우리 가족과 연관된 언어의 역사와 흐름을 묘사
한다고 할 수 있겠다. 우리 친조부는 일제의 압박으로 인해 용정으
로 탈출한 후 화병으로 돌아가셨고 외조부는 용정으로 탈출한 후 캐

나다 선교사들이 운영하는 제창병원에서 근무하셨다. 그 당시 제창병원은 영국 산하의 기관이어서 일제 당국이 함부로 간섭할 수 없었기 때문에 용정 지역의 독립운동 본부 역할을 했다. 외조부는 일본어를 부정하셨고 일제의 감시 대상으로 고생하다가 갈망하던 독립을 못 보고 1944년 말에 돌아가셨다. 어머니는 한국어를 사용하는 초등학교에 다녔는데 일본어를 사용하는 중학교에 입학하면서 한국어는 집에서만 사용하게 되었다. 사범학교를 졸업한 어머니는 일본 학교에서 교사로 일하다가 동료 교사와 1945년 초에 결혼했다. 1945년 8월 15일, 한반도가 해방되던 날 용정시는 태극기 바다로 변했고 한국어도 해방되었다. 그러나 해방의 기쁨은 잠깐뿐이었다. 러시아어로 떠드는 험악한 군인들이 만주로 진입하면서 용정시가 불안정한 상황이 되자, 부모님은 갓난아이인 나를 업고 1946년 5월에 서울로 남하했다. 아버지는 교사직을 접고 시장에 나가 장사를 해서 어느 정도 생활을 안정시켰는데 전쟁이 발발했다. 처음에는 피난을 못 하고 서울에 남아 있었는데 북한군은 부모님의 이북식 사투리를 알아보고 압박했다. 왜 남쪽으로 내려왔냐면서.

아버지는 국군 종군 기자로 활동하다가 1·4 후퇴 때 가족(어머니, 학성, 학희)을 데리고 부산으로 피난했다. 다행히 먼 친척인 김씨네 부민동 집에서 방 한 칸을 얻어 피난 생활을 시작했는데 거기서 학경이 1951년 3월 4일에 태어났다. 어머니는 학경을 출산하면서 엄청 찬란한 불빛을 봤다고 말씀하셨다. 학경이 태어난 후 우리는 부민동 집에서 나와 아버지가 장사하던 국제시장 곁에 방 한 칸을 얻어 살았다. 그 당시 나는 여섯 살 소년이었고 동네 아이들과 함께 돌아다니면서 부산 사투리를 배웠다. 그후에는 송도 해변의 초가집으로 이사했다. 그 집 마당 앞에는 돌로 쌓인 낮은 울타리가 있었는데 세 살쯤 된 학경이 그 위에 혼자 앉아서 뛰어다니는 동네 아이들을 향해 노래 부르던 모습이 기억난다. 학경이 "산토끼 토끼야, 어디를 가느냐"라는 노래를 "빨가벗은 아이들아, 어디를 가느냐!"로 개사해 부르면서 박수 치고 깔깔 웃던 모습이 눈에 선하다. 아마도 학경이 최초로 쓴 시가 아닐까 한다.

어렸을 때 학경은 말이 별로 없었다. 웃는 얼굴보다 무표정인 경우가 많았는데 아마 자기 주변 상황을 관찰하기 바빠서 그랬던 것 같다. 1953년에 휴전이 되고 서울로 이주했을 때도 그랬고 1963년 하와이에서는 새로운 언어와 생활에 적응하느라 더욱 조용해졌다. 1964년 샌프란시스코로 이주한 후 가톨릭계의 성심여학교에 다니면서 변화가 생겼다. 수녀 선생님들은 공부 잘하는 테레사를 좋아했고 테레사는 영어는 물론, 불어와 그리스어에도 집중했다. 샌프란시스코 시립 도서관 주최 글짓기 대회에서 1등을 하기도 했다. 그 뒤로 성격이 더욱 명랑해졌다. 고등학교를 졸업하고 대학교에서 비교문학 학위를 받고도 계속 학교를 다녔다. 테레사는 버클리대학과 세계적인 수준의 교수들을 너무 좋아했다. 12년간 재학하면서 네 가지 문학과 예술 관련 학위를 취득할 정도였으니까.

테레사는 한국어, 영어, 불어, 그리스어를 인용해서 『딕테』를 구성했다. 나는 『딕테』와 다른 작품들을 볼 때마다 새로운 요소들을 발견하면서 이 작품들 안에 다양한 생각이 담겨 있다고 느낀다. 『딕테』와 테레사를 아껴주시는 모든 분들에게 감사드린다.

2024년 10월
존 차학성

옮긴이의 말

다시 한번 참빗으로 곱게 빗어 내리며

1993년 차학경의 『딕테』를 처음 접한 지 30년이 넘었다. 그간 이 책을 한국어로 번역하여 출판한 것도 벌써 두 번이다. 첫 출판은 지금은 없어진 토마토 출판사의 박문섭 대표가 맡아서 해주었는데, 1997년 한국에 IMF 경제위기가 닥치기 꼭 한 달 전인 11월이었다. 마침 차학경의 15주기에 가까워, 차학경의 어머니와 형제들(오빠 차학성, 언니 엘리자베스 차학희, 동생 제임스 차학신과 버나뎃 차학은 등)이 대거 참여해 출판 행사와 아울러 차학경의 예술작품을 전시하는 뜻 깊은 행사를 가졌다. 그리고 2004년에는 어문각에서 재판을 발행하게 되어 다시 한번 『딕테』의 텍스트를 가는 빗으로 빗어보는 기회를 가졌다. 이제 20년이 지난 오늘 그 개정 3판을 내보내게 되니 감회가 무량하고 이 자그마한 책이 얼마나 빛나는 보석인가를 다시금 음미하게 된다.

『딕테』의 텍스트를 읽을 때마다 느끼는 것은 아직도 내가 이 텍스트를 완전히 이해하지 못한다는 것이다. 많은 시간과 노력을 아끼지 않고 최선을 다해 파악하려고 노력하지만 이제 생의 거의 마지막 장에 와 있는 나의 이해력이나 상상력은 더 이상 크게 발전할 것 같지 않다는 느낌과 함께 다시 한번 이 책의 재출판을 맞이할 수밖에 없다. 20대의 젊은 여성이 40여 년 전에 쓴 이 자그마한 책의 심오함, 그리고 동서고금을 아우르는 정신적 연관의 넓이와 다양성은 실로 경탄스러운 것이 아닐 수 없다.

보통 젊은 남녀 사이에 '첫눈에 반한다'는 표현이 있다. 감히 그런 표현을 빌린다면 나는 이 『딕테』를 보았을 때 그야말로 첫눈에 반했다고나 할까? 책 표지를 열고 첫 페이지를 보았을 때 검은 배경에 한글로 긁어 쓴 낙서 같은 흰 글씨들, "어머니 보고 싶어", "배가 고파요", "고향에 가고 싶다"에서부터 나는 완전히 매혹되었고 페이지를 넘길 때마다 텍스트든 영상이든 나를 사로잡는 것이었다. 학부 시절 불문학도였던 나는 항상 프랑스어에 애착을 갖고 있었으며, 미국에 유학해서는 언어학을 전공했고, 후에 천주교로 개종했다. 게다가 매우 희미하나마(나의 기억력 부실로) 차학경을 만난 일이 있었던 것을 기억해냈을 때, 『딕테』가 마치 나를 위해 쓰인 것 같은 소유감마저 느꼈었다.

나의 일편단심은 변함없이 여전하다. 도리어 스스로의 연륜이 축적될수록 처음 느꼈던 매력이 더욱 깊어지고 넓어졌다고나 할까? 나의 이해력과 상상력이 커질수록 조금씩 더 많은 것을 감지할 수 있었고 애정이 자라났다고 하는 것이 옳을 것이다. 참으로 행운이 아닐 수 없다. 이제 다시 한번 이 책의 텍스트를 참빗으로 곱게 빗어 내려 붉은 댕기를 드려 내놓는다.

『딕테』는 하나의 예술작품 같은 책이라고 하겠다. 그 구성과 편집, 그리고 텍스트의 언어와 내용 등으로 볼 때 책 전체가 하나의 예술적인 작품성을 보여준다. 동시에 그 내용으로 볼 때 예를 들어 한자 서예의 글자, 또한 도교의 10대 우주의 원칙 등을 보면 매우 전통적인 철학 사상을 서예의 예술로 표현한 작품으로 보인다. 女와 男, 父와 母가 마주 보도록 되어 있는 배열 등이 어떤 의미를 전달하고 있는가를 생각해볼 때 이 책이 매우 독특한 예술작품임을 직감할 수 있다.

내용 면에서는 이 책에 흐르는 여러 줄기의 맥이 있으나 그중에서도 가장 뚜렷한 맥이 있다면 그것은 어머니/엄마의 존재일 것이다. 차학경의 어머니 허형순 여사는 차학경이 어머니와 특히 가까웠으며 어머니를 가장 잘 이해하고 항상 "어머니 없는 아이가 가장 불쌍하다"고 했으며 "할머니가 엄마를 사랑한 것처럼, 어머니는 나를 사랑하고, 어머니가 할머니를 사랑한 것처럼 나는 어머니를 사랑한다"고 했다고 늘 이야기하곤 했다. 텍스트의 많은 부분이 어머니의 일기에서 영감을 얻은 것이었고 또 어머니의 삶과 경험은 『딕테』의 '서사시', '서정시'에 나타난다. 그 밖에도 여러 곳에서 어머니의 생활 경험을 암시하는 인용과 묘사가 나타난다. 또한 몇몇 시적 장면의 묘사는 윤동주 시를 연상시키는 조각들이 보이는데, 허형순 여사의 오빠는 윤동주와 친구였고 윤동주의 사촌이자 절친한 친구 송몽규와도 다 같이 잘 아는 사이였다고 한다. 허형순 여사와의 대화를 통해 윤동주의 시 「사랑의 전당」, 「눈 오는 지도」, 「소년」, 「양지쪽」 등의 이미지가 다분히 허형순 여사의 기억과도 일치하는 점이 많이 있다는 사실을 알 수 있었다. 차학경도 그 사실을 알고 있었던 듯, 『딕테』안에 그림자처럼 반영되어 있다.

이 모든 것들을 종합해볼 때, 『딕테』는 다분히 차학경의 어머니 허형순 여사의 삶을 중심으로 하는 작품이라고 하겠다. 그 안에 흐르는 에센스는 차학경의 어머니에 대한 사랑, 우리가 흔히 말하는 '효심'이라고나 할까? 이는 그의 그래픽 시조 작품 「아버지 날 낳으시고 어머니 날 기르시니 두 분 곧 아니면 이 몸이 살았으랴. 하늘 같은 은덕을 어데 대해 갚사오리」에 잘 드러나 있다. 그는 16세기 중반 조선시대의 문인이자 정치가인 정철의 이 시조에서 nature와 nurture의 구분, 그리고 두 요소의 불가분의 관계를 노래한 것에 크게 공감하지 않았나 하는 생각이 든다. 『딕테』의 작품 성격상 탈식민주의, 여성주의, 후기모더니즘 등 가장 전위적인 개념으로 묘사되는 텍스트 속에서 가장 유구한 한국의 전통적 가치 '효심'을 읽어낸다는 것은 이 모든 것에 위배되는 느낌을 줄 수도 있겠다. 그러나 적어도 이 독자에게는 그 효심이라는 것이 어떤 제도적 또는 윤리적 규범의 개념이 아니고 순수한 정신적, 영적 교감으로서의 모성애와 그에 대한 상호적 정서가 거의 절대적인 하느님의 사랑에 버금가는 것이라고 했던 에리히 프롬의 말을 다시 한번 음미하게 한다. 굳이 어떤 '이즘'적 사고와의 맥을 짓자면 '모계적' 연결성의 힘을 강조한 것이 아닌가 하는 생각이 든다.

성녀 테레즈의 연애시도 이런 맥락에서 이해가 가능해진다. 진정으로 순수한 사랑은 순교를 요구할 만큼 헌신과 희생을 요한다는 것이다. 윤동주도 십자가에 매달린 예수를 보고 "행복한 예수 그리스도"(「십자가」)라고 했다. 이들은 젊은 나이에 이미 진리를 꿰뚫어 본 천재들이었다고나 할까?

다행히도 차학경은 『딕테』라는 책을 우리에게 남겨놓고 떠났다. 이번 개정판 출간을 위해 힘쓰고 노력한 모든 분들께 깊은 감사의 말씀을 드린다.

2024년 10월 버클리에서

김경년

『딕테』와 차학경의 예술 세계

김경년(시인, 전 UC버클리 교수)

1997년 11월 차학경의 15주기를 맞아 『딕테』 한국어 번역판이 처음 출간된 후, 30년에 가까운 시간이 흘렀다. 그동안 예술가, 작가로서의 차학경의 위치는 세월과 함께 성장해왔으며 그에 대한 관심과 연구는 이제 경전의 수준에 이르고 있다 해도 과언이 아닐 것이다. 그의 예술작품을 거의 총망라한 특별 전시회 「관객의 꿈 Dream of the Audience」은 2001년 9월 UC버클리 미술관에서 개막되어 약 2년간 미국의 여러 대학 미술관(UC어바인, 일리노이대학, 시애틀의 워싱턴대학 등) 그리고 뉴욕의 브롱크스 미술관 등을 거쳐, 2003년 9월에는 마침내 서울의 쌈지스페이스에서 국내 관객들에게 선을 보였다.

차학경이 남긴 단 하나의 창작집 『딕테』는 최근 일본어로도 번역되어 출간되었으며(이케우치 야스코 옮김, 2003), 1998년에는 국내 연극 집단 뮈토스(대표: 오경숙)에 의해 서울에서 연극으로 공연되었고, 2000년에는 그리스 아테네에서 열린 세계여성연극대회에도 출품, 공연되어 큰 호응을 얻었다. 그 밖에도 미국에서 출간된 『Poems for the Millenium』(Rothenberg & Joris 엮음, 1998)에 그 일부가 선정되었으며, 최근에는 미국의 각 대학에서 여성학, 아시안-아메리칸 문학 교재로 채택하는 등 날이 갈수록 그에 대한 관심과 인정이 고조되고 있다.

『딕테』에 대한 논문 또한 무수히 발표되었는데, 특히 아시안-아메리칸들의 관심이 지대하다. 이토록 『딕테』가 많은 독자들에게 일종의 경전에 가까운 연구의 대상이 되고 있는 것은 여러 가지 이유가 있겠으나 무엇보다 『딕테』가 열린 텍스트라는 점, 그리고 『딕테』가 제시하는 주제의 복합성에 있지 않은가 한다. 탈식민주의 문학, 여성문학, 아시안-아메리칸의 소수문학으로서 현재 미국에서 거론되고 있는 많은 이슈들을 제시하는 한편 순수한 사랑에의 갈망, 분산 세계 속의 이주자로서의 정체성 등 매우 복합적이고 다양한 주제를 독특한 언어의 음성을 통하여 제시하고 있기 때문이다.

『딕테』는 일반적으로 매우 난해한 텍스트로 알려져 있다. 그 난해함은 다분히 언어에 기인하는 것인데, 차학경의 언어학도로서의 언어에 대한 전문적 관점과 견해 그리고 모국어 외의 제2, 제3 외국어 습득을 통한 특별한 통찰이 반영된 것으로 보인다. 언어학에서 보통 말하는 심층구조와 표층구조의 관계, 문법적 또는 구문적 요소와 특정 언어의 특성, 어휘의 구성과 재구성 또는 분해 등의 언어학적 관찰이 여러 곳에서 눈에 띈다. 문학에서 말하는 '의식의 흐름'도 어떻게 언어와 연관을 맺고 있는지를 보여주는 대목이 많이 있다. 이런 여러 가지 언어의 문제점은 번역에 있어 문제가 되었으며, 가능한 한 텍스트의 함축성을 보존, 전달하려고 노력했다.

일찍이 W. H. 오든은 "모든 독자는 번역자다"라고 했다. 모든 독자는 각기 독특한 경험을 가지고 있기 때문이라는 것이다. 그런 면에서 이 책의 번역자도 예외일 수 없으며 모든 부족함은 나의 과오임을 미리 밝혀둔다.

차학경은 누구인가

차학경(미국명: 테레사)은 한국전쟁 당시인 1951년 3월 4일, 부산에서 피난 중이던 가정의 셋째 자녀로 태어났다. 그의 부모는 만주의 용정에서 살다가 해방 후인 1946년 월남했으며 1950년 한국전쟁이 일어나자 부산으로 피난했다. 아버지 차형상 씨는 사업가였고 어머니 허형순 여사는 만주에서 한때 교사를 지낸 인텔리 여성이었다. 차학경의 위로는 오빠와 언니가 각각 한 명씩 있었고 후에 여동생과 남동생 하나씩을 두었다.

1962년에는 가족이 하와이로 이주했는데, 모두가 동시에 이주하지 못한 관계로 당분간 흩어지게 되었다. 그때 차학경은 부모님보다 몇 달 앞서 하와이로 갔다. 특히 어머니와 가까웠던 그는 어린 나이에 부모님 품을 떠나 홀로 지내며 어머니의 부재로 인한 외로움을 깊이 느꼈던 것 같다. 『딕테』의 첫 쪽, "그날은 첫날이었다", "그녀는 먼 곳으로부터 왔다"로 시작되는 받아쓰기 식의 글은 그 시절 그의 생활 내지 경험을 나타내는 것이 아닌가 한다. 그리고 그의 어머니가 겪은 만주에서의 경험은 「칼리오페 서사시」에 나타나 있다.

2년 후인 1964년, 차학경의 가족은 다시 샌프란시스코로 이주했다. 차학경은 중고등학교와 대학 교육을 전부 샌프란시스코만 일대에서 마쳤으며 1980년 뉴욕으로 이주했다. 뉴욕에서는 작품 활동을 하는 한편, 친구가 경영하는 태넘Tanam 출판사에서 작가 겸 편집자로 일했다. 1982년 5월 오랫동안 알아왔던 리처드 반스와 결혼했지만 같은 해 11월 5일, 불의의 죽음을 당했다. 그때 그의 나이는 31세였고『딕테』가 출간된 지 3일째 되는 날이었다.

차학경은 하와이로 이주했을 때 만 열 살이었다. 한국에서 자라난 그가 영어를 알 리 없었다. 이 때문에 그는 얼마 동안 유아학교를 다녀야 했다. 유아학교는 학령 전 어린이들이 초등학교에 입학하기 전에 다니는 주간 보모학교 같은 것이다. 열 살 난 소녀 학경은 세 살, 네 살짜리 어린이들과 함께 시간을 보내야 했다. 예민하고 영민한 소녀가 따뜻한 부모님의 품을 떠나 홀로 겪어야 했던 이주의 경험은 단연코 그의 정체성에 많은 시련을 주었을 것이다. 특히 그가 부딪혔을 언어의 장벽은 그에게 깊은 고통과 함께 언어에 대한 강박에 가까운 집념을 심어주지 않았나 생각된다.

어머니 허형순 여사의 회고에 따르면, 차학경이 하와이에서 다닌 유아학교의 이름은 선샤인 유아학교였고, 미세스 고라는 선생님이 있었다고 한다. 그분이 차학경을 특별히 보살펴주었으며 테레사라는 미국 이름은 그때 갖게 된 것으로 보인다. 샌프란시스코로 이주한 후에는 가톨릭계 사립학교인 성심여학교를 다녔으며 이때 프랑스어를 배우기 시작했다. 그는 영어보다 프랑스어가 한국어와 상통하는 점이 더 많다고 느껴 프랑스어 학습에 열중했다고 한다.(차학경의 프랑스어와의 관계에 대해서는 또 다른 연구가 필요할 것으로 생각된다. 그는 많은 예술작품에서 프랑스어를 사용했는데 프랑스어의 예술성, 프랑스어와 한국어의 상통성도 작용했겠지만 한편으로는 영어와 한국어를 떠난 제3의 언어가 제시하는 매력이 있었던 것 같기도 하다.) 『딕테』의 첫 부분은 다분히 그의 어린 시절과 고등학교 시절의 경험을 그리고 있다.

차학경은 대학도 가톨릭계 사립대학인 샌프란시스코대학에서 시작했으나 곧 UC버클리로 전학했으며 비교문학과 미술을 전공했다. 이어서 동 대학원에서 예술과 미술로 석사학위를 받았고, 샌프란시스코만 지역의 수많은 예술가들과 접촉했다. 이 시절 그는 자신을 가리켜 "프로듀서, 감독, 연기자, 비디오와 영화작가, 공간설치예술가, 공연과 출판문학가"라고 했으며 짧은 생애 동안 실로 종횡무진으로 작품 활동을 했다. 현재 그의 모든 작품은 UC버클리 미술관에 기증, 비치되어 있고 특별 전시회를 통해 미국 내 여러 미술관에서 전시되고 있다.

차학경은 대학 시절 한국 현대시를 비롯해 유럽의 모더니스트 작가들을 많이 탐독했는데, 그중에서도 사뮈엘 베케트, 제임스 조이스, 스테판 말라르메, 나탈리 사로트, 마르그리트 뒤라스 등을 즐겨 읽었다. 1976년 프랑스 파리의 미국 영화 연구원에서 공부할 때는 크리스티앙 메츠, 레이몽 벨루르, 티에리 쿤첼 같은 영화 이론가들 밑에서 배웠다. 그리하여 1981년에는 영화에 관한 논문 및 수필을 모은 『Apparatus』를 편집, 출판했다.

차학경은 1979년 말, 한국을 떠난 지 18년 만에 고국을 방문했으며, 1981년 다시 방문해 기획 영화 「몽골에서 온 하얀 먼지White Dust From Mongolia」 촬영을 동생 제임스와 같이 시작했다. 그 기획은 미국 국립예술기금과 UC버클리 총장 장학금의 지원을 받은 것이었다. 또한 그의 사진 작품, 비디오, 영화는 많은 주목을 끌었고 여러 가지 표창과 상을 받기도 했다.

『딕테』의 작품 세계

『딕테』는 1982년 뉴욕의 태넘 출판사에서 처음 출판했으며, 1995년 UC버클리 내 제3세대 여성 출판사Third Woman Press에 의해, 2001년에는 캘리포니아주립대학 출판부에 의해 재출간되었다. 여성 작품, 특히 한인 이민 여성의 작품으로서, 또 탈식민주의 문학으로서 각광받으며 많은 학자들의 연구 대상이 되고 있음은 앞에서 밝힌 바와 같다.

'딕테Dictée'는 프랑스어로 '받아쓰기'라는 뜻으로 프랑스어 학습에서 빼놓을 수 없는 연습 방법 가운데 하나다. 프랑스어는 철자와 발음이 매우 차이가 나기 때문에 교사는 학생들의 정확한 철자 습득을 점검하기 위해 '받아쓰기' 연습과 시험을 한다. 차학경도 고등학교 시절 프랑스어를 배우며 '받아쓰기' 시간을 가졌음이 틀림없다.

차학경은 단지 교사가 불러주는 것을 적을 뿐만 아니라 고대 그리스 시인 사포와의 접신을 통해 시적 음성의 내림을 받는다. 그리하여 자신의 내적 음성, 어머니의 음성, 유관순, 잔 다르크, 성녀 테레즈 등의 음성, 그리고 더 나아가 한국 민중의 음성, 역사 속에 사라져 간 민족의 음성을 듣고 받아쓰기를 한 것이다.

『딕테』는 모두 열 부분으로 구성되어 있다. 첫 부분 'DISEUSE(말하는 여자)'를 제외하면 각 부분마다 그리스 신화의 시신詩神과 각 시신들이 주관하는 학문 또는 주제가 제목처럼 앞서고, 그다음에는 실제의 역사적 여성(유관순, 저자의 어머니 허형순, 성녀 테레즈, 무성영화 「잔 다르크의 수난」의 주인공으로 분장한 프랑스 여배우 르네 팔코네티 등)의 사진 또는 그림의 영상이 등장한다. 원문은 영상 다음에 시작되며, 문체는 대부분 시적 산문이라고 할 수 있다.

제일 첫 부분은 고대 그리스의 여류 시인 사포의 인용인 듯한 기원祈願으로 시작된다. 본문 첫 쪽에는 받아쓰기 형식으로 된 프랑스어 문단, 그리고 그것을 영역한 듯한 영어 문단이 있다. 거의 동일한 내용을 프랑스어와 영어의 이중 언어 텍스트로 시작하고 있는데, 그 짤막한 문단을 통해서도 영어와 프랑스어의 차이점이 드러남을 알 수 있다.

예를 들어 프랑스어에서 모든 명사는 남성형 또는 여성형의 구분이 있지만 영어에서는 그렇지 않다. 구체적으로 영어의 someone(어떤 사람)은 남자 또는 여자일 수 있으나, 프랑스어에서는 그런 중성적 표현을 할 수 없다. 반드시 남성형 quelq'un(어떤 남자) 또는 여성형 quelq'une(어떤 여자)만 가능하다.

이어서 'DISEUSE(말하는 여자)'가 나오고 프랑스어 번역, 동사의 변형 연습 등이 뒤따른다. 또한 사순절을 시작하는 성회일, 크리스마스 전의 (동정녀 마리아의) 무염시태 성축일 등의 미사, 천주교 교리문답, 고해성사 등의 편린이 프랑스어의 번역 연습문제 형태로 나타난다. 이는 다분히 고등학교 시절의 경험을 바탕으로 하고 있는 것으로 보인다.

따라서 첫 부분은 가장 자서전적인 내용을 포함하고 있다고 할 수 있다. "가능한 한 최소한의 말을 하기 위해" 또는 '말을 하고 싶은 욕망'의 갈등으로부터 사포와의 접신을 통해 '언제나, 있는 시간은 모두, 좌로, 우로, 배설하는, 말하는 여자'로의 변신 과정을 그리고 있다. 이제부터 그는 말 없는 유관순, 어머니(허형순 여사), 잔 다르크, 성녀 테레즈 등 여성의 삶, 즉 여성들의 경험의 연대성을 제시한다.

'말하는 여자'로서 제일 처음 이야기하는 것은 유관순으로, 1장 「클리오 역사」의 이야기다. 유관순의 사진과 그에 대한 글, 하와이의 한국인 동포들이 루스벨트 대통령에게 보낸 탄원서, 그리고 의병의 활동을 묘사한 글이 제시된다. 세 사람의 의병이 수건으로 눈이 가려진 채 십자가에 매여 일본군으로부터 총살당하는 사진으로 끝을 맺는다. 이 부분의 텍스트는 F. A. 매켄지의 『한국의 비극The Tragedy of Korea』(1908)에서의 인용을 포함한다.

허형순 여사의 회고에 의하면, 차학경이 유관순에 대해 알게 된 것은 1968년 샌프란시스코에서 상영된 영화 「유관순」(도금봉 주연)을 통해서였다. 당시 영화 속의 유관순과 비슷한 나이였던 차학경은 어머니와 같이 영화를 관람하던 중 매우 감동하여 눈물을 흘리며 울었다고 한다.

2장 「칼리오페 서사시」는 만주 용정에서 태어난 어머니(허형순)의 일제하 만주에서의 경험을 그린 글과 천주교회의 미사, 예수의 고난, 그리고 저자 자신의 18년 만의 귀국 경험 등으로 엮어 있다. 중간에 아버지(차형상)의 친필인 한자 '父'와 '母'가 각기 한 쪽씩을 차지하고 있으며, 끝에는 외할머니의 사진이 있다.

이 부분에서 차학경은 어머니의 삶에서 이주와 실향으로 점철된 수난의 삶을 본다. 그리고 할머니에서 어머니, 어머니에서 딸로 이어지는 사랑과 연대의 관계를 간절한 '마음'으로 표현하고 있다.

3장 「우라니아 천문학」에서는 동양의 전통적인 철학을 바탕으로 한 인체의 우주성을 나타내는 경혈도를 제시하고 있다. 4장 「멜포메네 비극」에서는 차학경이 1979년 한국을 방문했을 때 목격했을 법한 민주화운동 시위와 4·19 민주항쟁의 기억, 그리고 군사독재를 규탄하는 내용을 담고 있다. 그리고 5장 「에라토 연애시」에서는 프랑스 성녀 테레즈의 예수에 대한 순수하고 순교적인 사랑을 노래하고 있다.

6장 「엘리테레 서정시」는 1919년 3월 1일 광화문 기념비각에 몰려들어 행진하는 시위대에 호응하는 군중의 사진으로 시작된다. 텍스트는 어둠의 역사 속에서 항거하다 스러진 민족의 영혼을 위로하는 듯한 주문의 느낌을 준다. 7장 「탈리아 희극」은 가부장적 제도 안에서의 여성의 위치와 삶을 그리고 있다. 흰색으로 상징되는 결혼과 순결의 관계에서 어떤 아이러니를 드러내기도 한다. 그리고 8장 「테르프시코레 합창 무용」에서는 동양철학의 전개, 9장 「폴림니아 성시」에서는 어떤 꿈 또는 도교적인 신비의 이야기를 들려준다.

『딕테』를 읽은 많은 사람들이 이 마지막 부분을 매우 서정적으로 평하며, 동시에 어떤 선험성을 포함하고 있음에 놀라움을 피력한다. 차학경은 실로 시대를 앞서간 천재적 작가였고 어찌 보면 자기 자신보다도 앞서간 것이 아닌가 생각된다. 참으로 애석하지 않을 수 없다.

차학경의 작품에서 언어에 대한 성찰은 매우 중요한 부분을 차지한다. 『딕테』에서 가장 눈에 띄는 특수성은 언어라고 할 수 있다. 우선 프랑스어와 영어의 병행 사용이 눈에 띈다. 그 밖에도 언어의 유희 같은 패러디, 언어의 잠재적인 모호성 추구, 언어의 분해와 재결합, 언어의 음상音像 또는 형태소를 중심으로 한 연쇄 변화 등 다양한 언어 표현 수단들이 자유자재로 사용되고 있다. 그리고 언어의 형태소에 따라 변화되는 의미의 변형을 추구하고 있다.

때로는 정례적인 문법에 어긋나는 영어 용법을 볼 수도 있고(예를 들어 선행사가 없는 대명사, 특히 it와 their 등의 사용, 전치사의 생략 등) 때로는 영화의 극본 같은 현재형 묘사, 또는 시제가 부정不定한 동사 원형들이 나타난다. 이는 문장 전체에 탄력, 그리고 나아가 시간의 한정에 구애받지 않는 생동성을 부여한다고 할 수 있다. 차학경은 시간과 공간의 없음, 곧 시공의 초월, 그리고 그것의 영원성으로의 연결에 대해 가장 깊이 생각하고 있었던 것으로 생각되며 그것이 이런 언어 표현 방식으로 나타난 것이 아닌가 한다. 예를 들면, 문법 카테고리의 하나인 '시제'의 사용을 거부한 것은 '문법이 임의로 한정시키는 시간의 제약성'에 구애받지 않으려는 시도로 보인다.

구성상 또 하나의 특징은 앞에서 언급한 바와 같이 사진, 도표, 서예 등 시각 자료의 도입이다. 차학경은 인물의 사진을 제목 대신으로 쓰고, 침구술에서 사용하는 신체의 경혈도표를 천문의 지도로 대응시키며, 타자기로 찍은 편지 또는 필기체로 쓴 것 같은 원고(마치 원고를 접어서 우연히 책갈피에 끼워두었던 것 같은 효과를 낸다. 낙엽의 사진도 마찬가지다), 백지와 흑지 등도 본문 자체에 포함시켰다. 사진/비디오 작가로서 영상의 표현성을 실험하려고 한 것으로 보인다. 모든 영상들에 설명이 첨부되어 있지 않은 것이 이를 입증하는 것이 아닌가 한다.

각 부분들이 소설적 이야기로서의 연결성을 보여주는 것은 아니다. 그러나 모든 이야기가 여성 인물들을 다루고 있으며, 나아가서는 사포와 아홉 명의 시신에 역사 속의 실제 인물, 즉 유관순, 저자의 어머니, 잔 다르크, 성녀 테레즈 등을 연결시킴으로써 역사적 연관성과 대응성, 그리고 여성 체험의 연대성을 동서양의 차이 없이 제시한다고 할 수 있다. 궁극적으로 이 책은 자신으로부터 시작하는 분산된 세계diaspora 속에 소외된 이방인/소수민족의 존재성, 여성의 체험, 일제 강점기 한민족의 수난, 분단과 민주주의를 위한 수난, 순수한 사랑에의 갈망, 그리고 저자 자신에 대한 자서전적 이야기라고 할 수 있다.

무엇보다 중요한 것은 이 모든 이야기를 그리스 신화에 등장하는 시신들을 콘텍스트로 설정함으로써 새로운 신화로 만들고 있다는 것이다. 차학경은 우리의 한恨으로만 규정지어지는 식민지 역사 속에서 유관순의 신화를 발견하고, 자신의 어머니의 체험 속에서 식민지 시대 민중의 신화를 읽어내며, 4·19와 광주민주항쟁, 분단 등의 현대사 속에서 또 다른 신화를 엮어나가고 있다. 차학경의 천재성은 바로 이런 '신화성의 인식'에 있는 것이 아닌가, 감히 우둔한 생각을 해본다.

『딕테』는 일종의 서문序文과 같은 책이라고 할 수 있다. 차학경이 세상을 떠난 지 40여 년, 생존했더라면 얼마나 더 많은 작품 활동을 했을지 알 수 없지만『딕테』로 미루어 볼 때 아마도 무궁무진한 구상을 지금까지 해왔을 것이다.

작품 해설

우리가 반드시 기억해야 할 이름

권영민(문학평론가, 서울대 국문학과 명예교수)

미국의 『뉴욕타임스』는 이 신문이 창간된 1851년 이래로 신문에 제대로 보도되지 못했던 주목할 만한 인물의 죽음을 재조명하는 특별 시리즈를 이어오고 있다. '간과되었던 일Overlooked'이라는 제목의 이 시리즈에서는 한국인 가운데 3·1운동에 참가했다가 일본 경찰에 체포되어 고문당하면서 감옥에서 세상을 떠난 유관순 열사의 삶과 죽음을 다룬 적이 있다. 그리고 일본군 위안부 피해자 최초로 이 사실을 공개하며 세계 무대에 나서서 일본군의 잔악상을 고발한 김학순 여사의 처절한 삶과 죽음을 새롭게 평가하기도 했다.

최근에는 '정체성을 탐구한 예술가이자 작가인 차학경'이란 제목으로 재미 예술가 차학경의 비극적 삶과 예술의 세계를 다시 조명했다. 차학경Theresa Hak Kyung Cha은 한국계 미국인 예술가로서 국내에도 그 존재가 이미 널리 알려진 인물이다. 1982년 젊은 나이에 연쇄 살인범에게 성폭행당한 후 잔혹하게 살해되었지만, 『뉴욕타임스』는 차학경이 생전에 추구했던 독특한 예술세계가 오늘의 문학과 개념미술의 영역에서 아시아계의 활동을 넘어 세계적으로 주목받고 있다는 사실을 새롭게 전했다. 특히 40여 년 전에 차학경이 발표한 『딕테 Dictee』를 통해 아시아계 미국인으로서 자기 목소리를 드러내고자 했다는 사실을 강조하면서, 한국계 미국인으로서 자신의 정체성을 실험적 문체로 담아 후대 아시아계 작가와 예술가와 학자들에게 많은 영향을 끼쳤고 오늘을 살고 있는 사람들에게 커다란 영감을 주고 있다고 높이 평가했다.

차학경은 1951년 부산 태생으로 11세 때 가족과 함께 미국에 이민했다. 그녀는 UC버클리에서 비교문학과 예술을 전공했고 프랑스에서 영화 제작과 이론을 공부했다. 그리고 다양한 실험적 예술 활동과 함께 사진과 영화 등 여러 분야에서 다양하고도 특이한 퍼포먼스를 시도하여 의미 있는 작품을 남겼다. 「불모의 동굴 뮤트」(1974)는 문명의 탄생 또는 문자(한글)의 발명을 시각적으로 재현하는 행위예술이었다고 생각된다. 8분짜리 흑백영화인 「Mouth to Mouth」(1975)는 한글의 글자 모양과 입의 이미지를 결합하여 '표음문자'로서의 한글의 특성을 제시한 것처럼 보이기도 한다. 「Passages Paysages」(1978)는 세 개의 모니터로 구성된 비디오 아트로서 영어, 프랑스어, 한국어로 이루어진 내레이션을 통해 가족의 삶을 보여준다. 그녀의 영화 작업인 장편 영화 「몽골에서 온 하얀 먼지」는 대본과 함께 미완의 영화 필름 일부로 남아 있다.

차학경은 자신의 예술을 위해 1980년 뉴욕으로 이주했고 메트로폴리탄 미술관에서 연구원으로 일하면서 영화학자와 아방가르드 영화 제작자의 에세이 모음집인 『Apparatus』를 1981년에 편집했다.

그리고 1982년 뉴욕에서 사진작가 리처드 반스와 결혼했다. 그녀의 대표작인 『딕테』는 그해 11월에 출판되었는데 뉴욕의 독립서점에서 수집한 베스트셀러 목록에 5위로 오르기도 했다.

차학경은 『딕테』를 출간한 직후 1982년 11월 뉴욕의 한 건물 주차장에서 경비원에게 성폭행당한 뒤 목숨을 잃었다. 결혼한 지 6개월만의 일이었다. 그녀는 남편의 작업실을 찾아갔다가 늦은 밤 백인 관리인에 의해 지하실로 끌려가 강간, 살해된 후 근처 주차장에 유기되었다.

'받아쓰기'로서의 역사

차학경의 예술적 상상력을 확인할 수 있도록 해주는 것이 그녀가 남긴 『딕테』다. 『딕테』는 작가의 삶과 역사 속 이야기를 전위적인 문체로 엮은 작품이다. 작가의 이야기로 시작하는 글은 잔 다르크, 유관순 열사, 그리고 만주에서 태어나 중국과 한국을 거쳐 미국으로 이주한 작가의 어머니 이야기가 서로 얽혀 있다. 주로 영어로 쓰고 있지만 한국어와 프랑스어도 번역 없이 섞여 있어 난해한 글로 꼽힌다.

'딕테'라는 작품 제목은 '받아쓰기'라는 특별한 글쓰기 방식을 의미한다. 이 말이 의미하는 바는 복합적이면서 이중적 성격이 강하다. 받아쓰기의 행위는 모든 글쓰기의 출발이면서 동시에 글쓰기라는 행위 자체의 본질적 속성을 그대로 말해준다. 일반적으로 '받아쓰기'라는 행위에서 언제나 문제가 되는 것은 글쓰기의 주체적 의지가 제대로 반영되기 어렵다는 사실이다. 이것은 말해주는 자가 언제나 우위에 있고 그것을 받아쓰는 자는 언제나 말하는 대로 '받아쓰기'만 하면 된다는 의미에서 받아쓰기가 갖는 주체의 수동성을 암시한다. 하지만 이러한 '받아쓰기'의 행위는 인류의 역사 자체가 가지는 다양한 전승의 의미를 포함한다. 신화는 일종의 '받아쓰기'를 통해 후대에 전승된다. 그것은 단순한 수동적 글쓰기가 아니라 인간의 기억을 만들어내고 그에 따라 행동을 지배한다. 그러므로 신화는 인간 사유의 근원적인 상징이 되는 것이며 인간의 모든 글쓰기는 결국 이 신화를 '받아쓰기' 하는 데에서 생겨난 다양한 이야기의 변형이라고 할 수밖에 없다.

차학경의 『딕테』는 일반 독자에게 매우 낯선 양식이다. 이 작품은 소설이라고 불리기는 하지만 소설이라는 양식이 지켜온 서사적 문법에서 완벽하게 벗어나 있다. 그럼에도 불구하고 이 작품을 소설이라고 말하는 것은 소설이라는 양식이 아니고서는 달리 표현하기 어려운 다양한 언어 표현을 서로 뒤섞어 쓰고 있기 때문이다. 『딕테』를 읽는, 또는 보는 독자들은 이 작품에서 서사의 규칙이나 이야기 전개 방식에서 얻게 되는 흥미를 기대해서는 안 된다. 그만큼 이 작품은 보편적으로 알려진 서사의 문법과는 전혀 다른 전위적 실험을 감행하고 있다. 『딕테』가 보여주는 파격적 실험은 양식의 경계를 파괴하고자 하는 욕망의 글쓰기를 통해 실현되고 있는 '새로움'에서 그 특징이 드러난다. 이 작품에는 서술자의 언어적 진술만이 아니라 수

많은 사진(이미지)이 곁들여져 있고, 다양한 기록과 문헌, 시와 소설 등에서 인용된 타자의 텍스트가 포함된다. 그리고 언어적 진술 자체가 하나의 언어가 아니라 영어와 불어로 된 텍스트를 섞어놓기도 한다. 이 혼성의 텍스트는 자체 내에서 서로 충돌하기도 하고 갈등하기도 하면서 하나의 상호텍스트적 공간을 구성한다. 그러므로 이 책은 신화의 세계에서부터 20세기 후반의 현실에 이르기까지 다양하게 전개된 이야기를 차학경의 스타일로 '받아쓰기' 한 결과물이라고 할 수 있다.

『딕테』에서 독자들이 당혹해할 수밖에 없는 특징은 목소리가 다른 화자의 진술이 서로 뒤섞인 다양한 삽화가 어떤 규칙 없이 결합되고 있는 점이다. 그러므로 스토리를 지닌 어떤 내용의 서사적 연결이나 의미의 맥락을 따지기가 쉽지 않다. 더구나 여기저기에 다양한 사진이 끼어들어 읽기를 방해한다. 사진은 그 텍스트 자체가 특정 시간에 정지된 이미지를 독자에게 보여준다. 사진 속의 이미지는 침묵이면서 동시에 침묵하는 언어다. 이러한 복잡한 구조는 때로는 몽타주의 기법으로, 때로는 콜라주의 파격처럼 서로 겹치는 메시지와 이미지의 착종으로 서사 공간 자체를 입체화한다.

이 작품에서 서술의 기본적인 바탕에는 자전적 요소가 작동한다. 그러나 그것은 특정한 인물의 생애 전체를 다룬 내용만을 담아낸 것이 아니다. 여기서 자전적이라는 것은 서술 내용이 부분적으로 어떤 인물의 전기를 기술하고 어떤 경우는 사적인 기록에 해당하는 일기를 공개하고 있는 데에서 비롯된 것이다. 물론 일부는 특정의 집단이 살아온 역사적 과정을 보여주는 민족지로서의 성격을 드러내기도 한다. 독자는 이 책을 한 여성의 자서전으로 읽을 수 있지만, 작가 차학경이 만들어낸 다층적인 텍스트 구조를 이해하기 위해서는 이 책을 페이지 순서대로 따라가는 단순한 독법으로는 텍스트의 미궁에서 벗어나기가 쉽지 않다. 말하자면 이 작품의 텍스트는 '읽는' 방식으로는 접근하기 어렵다. 텍스트에 배치된 잡종의 텍스트를 한눈으로 '보는' 시각화의 방법으로 텍스트 구조를 살펴야 한다. 여기서 '보는' 방식이란 이 작품의 텍스트 자체가 드러내고자 하는 지배적 인상을 포착하는 것을 의미한다. 이렇게 본다면 이 작품은 '읽는 책'으로서의 성격만이 아니라 눈으로 '보는 책'으로서의 특징도 감안해야 한다. 차학경은 '보는 책'이라는 새로운 시도를 통해 『딕테』의 텍스트를 시각적 구조로 입체화하고 다양한 목소리를 거기에 담아내고자 한다. 이러한 전위적 실험은 그가 주장하고 있는 '받아쓰기'라는 것이 텍스트를 언어 문자의 배열로만 구성하는 일률적 방식이 아님을 보여준다. 『딕테』는 텍스트 자체의 물질성을 드러내는 다양한 문자 배열, 타이포그래피의 기법에 따른 공간의 창조, 충격적인 이미지의 파격적 배치 등을 통해 말하는 것과 보여주어야 하는 것을 새롭게 조합하기도 한다.

차학경이 의도적으로 배치해놓은 사진들은 말하고자 하는 모든 사실을 단순화하여 묵언黙言의 상태로 보여주고 있다. 그러므로 이 사진의 이미지들은 가장 강렬한 메시지를 시각화함으로써 그것에 대한 언어적 진술 자체를 필요로 하지 않는다. 가슴 터지는 고통, 다시 일어서지 못할 것 같은 절망감, 돌아가지 못하는 고향에 대한 그리움 등은 목소리가 닿지 않는 공간적 거리를 뛰어넘기 위한 시각적 기호다. 그 아픔의 크기를 표현할 수 있는 말은 너무 많아서 없는 것이나 마찬가지다. 차학경은 이런 경우 언어적 진술을 포기하고 사진으로 대체한다. 그러므로 이 사진들은 단순한 피사체를 제시하면서도 모든 것을 한꺼번에 다 보여주고 모든 것을 전부 말해준다. 시각적 이미지로 전달되는 사진은 그 하나의 이미지가 어떤 말보다도 깊은 호소력을 지니게 된다.

『딕테』는 고대 그리스의 뮤즈들을 불러내어 텍스트의 내용을 구성한다. 여기에 내세워진 것이 그리스 신화에 등장하는 클리오, 칼리오페, 우라니아, 멜포메네, 에라토, 엘리테레, 탈리아, 테르프시코레, 폴림니아 등의 여신이다. 이들은 신화 속에서 모두 제우스와 므네모시네 사이에서 태어났지만, 인류 역사에서 인간이 창조한 위대한 문학, 음악 등과 깊은 연관성을 지닌 것으로 알려져 있다. 물론 이들은 자신들만이 지닌 짤막한 이야기 대신에 인간의 위대한 예술과 그 창의성 뒤에 숨은 영감으로 작동한다. 그러므로 차학경의 『딕테』는 뮤즈의 여신들을 덧씌운 역사 속 인물에 자연스럽게 관심을 두지 않을 수 없게 된다. 실제로 이 작품에 담긴 이야기는 그리스 신화의 뮤즈에 그 발단을 두고 있지만 서사적 구조의 시간과 공간을 역사적으로 환원하면 차학경이 태어나고 자랐던 한반도를 중심으로 그 내용이 전개된다. 좀 더 구체적으로 시기를 구획한다면 『딕테』의 이야기는 일제 강점기(1910~1945)와 해방과 민족 분단과 전쟁(1945~1953)

이라는 역사적 단계를 교묘하게 짜맞추고 있다. 일제 강점기의 민족적 저항운동으로 3·1운동을 그려내면서 거기 증언대에 유관순을 불러세운다. 일본의 강압적인 지배 정책으로 한국인들은 한국어를 빼앗기고 일본말을 받아쓴다. 제2차 세계대전이 끝난 후, 일본은 패전국이 되었고 한국은 해방을 맞이한다. 그러나 한반도는 남북으로 분단된 채 전쟁의 고통을 겪게 된다. 이러한 역사의 고통은 『딕테』에서 때로는 할머니의 이야기를 통해, 또는 어머니의 탄식 속에서 재구성되고 지속적으로 받아쓸 수밖에 없는 이야기가 된다.

우리가 반드시 기억해야 할 이름

차학경의 이름은 그녀가 비극적 사건으로 세상을 떠난 후 삶을 바라보는 새로운 시각을 꿈꾸며 새로운 예술을 갈망하는 사람들에 의해 다시 호명되기 시작했다. 미국 UC버클리의 버클리 미술관BAMPFA에서는 1992년부터 '차학경 아카이브'를 별도로 설치하여 대학 시절부터 유별난 천재성을 보여주었던 이 젊은 예술가의 모든 자료와 기록을 수집, 정리, 보관하고 연구할 수 있도록 했다. 그리고 2001년부터 차학경 순회 전시회를 세계 각지에서 개최하고 있다. 미국의 대표적인 미술관 중 하나로 뉴욕에 자리 잡고 있는 휘트니 미술관이 지난 1993년과 1995년 두 차례에 걸쳐 '차학경 회고전'을 개최했다. 휘트니 미술관에서 한국계가 개인 전시회를 한 것은 백남준을 제외하고는 없었던 일이다. 차학경 특별전은 스페인 바르셀로나의 안토니 타피에스 미술관에서 열렸고 한국에서도 몇 차례 작은 규모의 개인전이 개최된 바 있다.

차학경의 『딕테』는 그녀의 10주기에 즈음하여 재판이 출간되었고 UC버클리의 출판부에서 2001년에 재출판된 후부터는 영어권의 많은 대학에서 강의용 교재로 쓰일 만큼 주요한 저작물이 되었다. 한국에서는 UC버클리에서 한국어를 강의했던 시인 김경년 교수에 의해 번역, 소개되었다. 차학경은 『딕테』를 통해 시인이자 소설가로 먼저 알려졌지만, 그 예술 활동은 언어의 한계를 넘어서고자 하는 행위예술 또는 시각예술로 확대되었다. 차학경은 한국말이라는 모국어의 세계와 단절되는 이민 체험을 통해 자기 정체성의 혼란을 극심하게 겪어야 했다. 그러므로 그녀의 예술은 언어의 한계와 의사소통의 어려움을 주제화하면서 다양한 매체를 통해 이를 해체하고 재구성하는 경계를 넘어서고자 하는 실험적인 작업으로 이어졌던 것이 아닌가 생각된다.

*   이 글은 『뉴욕타임스』의 기사 「Overlooked No More: Theresa Hak Kyung Cha, Artist and Author Who Explored Identity」(2022년 1월 7일)와 UC버클리 미술관 '차학경 아카이브'의 자료를 참조하여 작성했다.

딕테

1판 4쇄 펴낸날 2024년 12월 24일

지은이 차학경 **옮긴이** 김경년 **펴낸이** 임지현 **펴낸곳** (주)문학사상
주소 경기도 파주시 회동길 363-8, 201호(10881) **등록** 1973년 3월 21일 제1137호
전화 031) 946-8503 **팩스** 031) 955-9912
홈페이지 www.munsa.co.kr **이메일** munsa@munsa.co.kr

ISBN 978-89-7012-310-3 03840